UMA VIAGEM
ESPIRITUAL

BILLY MILLS e NICHOLAS SPARKS

UMA VIAGEM
ESPIRITUAL

Tradução de Maria Armanda de Sousa

EDITORIAL PRESENÇA

www.nicholassparks.com

FICHA TÉCNICA

Título original: *Wokini*
Autores: *Billy Mills e Nicholas Sparks*
Copyright © 1990 by Billy Mills
Tradução © Editorial Presença, Lisboa, 2001
Tradução: *Maria Armanda de Sousa*
Imagem da capa: *Shutterstock*
Capa: *Catarina Sequeira Gaeiras/Editorial Presença*
Pré-impressão, impressão e acabamento: *Multitipo — Artes Gráficas, Lda.*
1.ª edição, Lisboa, Março, 2001
2.ª edição, Lisboa, Março, 2001
3.ª edição, Lisboa, Junho, 2001
4.ª edição, Lisboa, Novembro, 2001
5.ª edição, Lisboa, Fevereiro, 2002
6.ª edição, Lisboa, Julho, 2002
7.ª edição, Lisboa, Outubro, 2002
8.ª edição, Lisboa, Dezembro, 2002
9.ª edição, Lisboa, Abril, 2003
10.ª edição, Lisboa, Julho, 2003
11.ª edição, Lisboa, Outubro, 2003
12.ª edição, Lisboa, Dezembro, 2003
13.ª edição, Lisboa, Março, 2004
14.ª edição, Lisboa, Julho, 2004
15.ª edição, Lisboa, Outubro, 2004
16.ª edição, Lisboa, Dezembro, 2004
17.ª edição, Lisboa, Maio, 2005
18.ª edição, Lisboa, Setembro, 2005
19.ª edição, Lisboa, Dezembro, 2005
20.ª edição, Lisboa, Julho, 2006
21.ª edição, Lisboa, Outubro, 2006
22.ª edição, Lisboa, Maio, 2007
23.ª edição, Lisboa, Novembro, 2007
24.ª edição, Lisboa, Julho, 2008
25.ª edição, Lisboa, Julho, 2009
26.ª edição, Lisboa, Setembro, 2010
27.ª edição, Lisboa, Novembro, 2011
28.ª edição, Lisboa, Setembro, 2012
29.ª edição, Lisboa, Novembro, 2013
30.ª edição, Lisboa, Setembro, 2014
Depósito legal n.º 297 122/09

Reservados todos os direitos
para Portugal à
EDITORIAL PRESENÇA
Estrada das Palmeiras, 59
Queluz de Baixo
2730-132 BARCARENA
info@presenca.pt
www.presenca.pt

Para Jill Sparks.
O seu sorriso encheu sempre o meu coração de alegria.

ÍNDICE

AGRADECIMENTOS

Ao longo dos anos, tive a oportunidade de conhecer e de amar muitas pessoas. Juntos partilhámos as nossas vidas, os bons e os maus momentos. Gostaria de aproveitar esta oportunidade para agradecer a algumas pessoas que têm um grande significado para mim.

A Patricia
Minha amiga, minha companheira, minha amante e minha mulher.

Às minhas filhas e aos meus netos
Espero que os seus desejos se tornem realidade.

Aos meus irmãos e irmãs
Que estiveram sempre presentes quando precisei deles.

Ao meu pai
Cujo espírito ainda me guia.

Aos Anciãos da Tribo Índia Lakota
Que me ajudaram a compreender a espiritualidade da minha vida.

A Nick e a Cathy
O meu co-autor e sua mulher. Somos amigos para sempre.

A todos vós
Desejo que este livro vos ajude a conhecerem-se melhor.

BILLY MILLS

PREFÁCIO

A palavra que dá o título à edição americana desta obra — Wokini —, do dialecto índio Lakota, significa «vida nova, uma vida de paz e de felicidade». É um livro que nos permite conhecermo-nos melhor a nós próprios, nos mostra o que significa ser feliz e nos transporta através de uma viagem pessoal que nos faz sentir mais realizados. Estabelece a simbiose das crenças nativas americanas tradicionais (que se baseiam na meditação, na reflexão, nos sonhos e no amor à beleza da natureza) com os princípios terapêuticos modernos (o pensamento positivo e a compreensão da felicidade), tendo-se já tornado uma obra de referência nos Estados Unidos da América.

Uma Viagem Espiritual é uma alegoria que se lê com muito agrado e nos proporciona ensinamentos sobre a vida. À medida que a história de David se vai desenrolando, descobriremos os mitos associados à felicidade e compreenderemos o seu significado e os motivos por que é importante ser feliz. A obra dá-nos a conhecer uma forma intensa da meditação tradicional e orienta-nos através de dez princípios que nos tornarão mais esclarecidos e compreensivos. Com a leitura deste livro, aprenderemos algo sobre a essência da vida dos Índios americanos, conhecer-nos-emos melhor e estaremos mais aptos a desvendar alguns segredos para melhorar a nossa própria vida.

O livro é breve, simples, de leitura agradável e permite-nos passar a olhar o mundo de forma mais sensível. Uma Viagem Espiritual é um pequeno tesouro: valioso, insubstituível e inestimável. Partilhemos a sua riqueza connosco mesmos e com os outros.

13

GLOSSÁRIO

Anpa wi	Sol.
Ate	Pai.
Cantesica	Desespero, tristeza.
Iktumi	Aranha; neste livro a aranha traiçoeira, segundo uma lenda Lakota.
Mnihuha	Pergaminho.
Paha Sapa	As Montanhas Negras do Dakota do Sul. A essência de tudo o que existe. É um local profundamente sagrado para a cultura Sioux Lakota.
Sota	Fumo.
Tiwahe	Família.
Tunkasila	A presença de Deus através da sabedoria. O avô sábio de todas as coisas vivas.
Wakantanka	Deus. O Pai do Céu. O Criador do mundo.

Wicahpis	Estrelas.
Wokahnigapi Oiglake	Viagem do conhecimento (na verdade, conhecer a viagem).
Wokini	Vida nova. Felicidade.

~

Estas palavras foram traduzidas do dialecto Lakota para inglês e posteriormente para português. Algumas delas foram escritas a partir da sua componente fonética para auxiliar o leitor a pronunciá-las, dada a dificuldade do dialecto Lakota.

O ROLO DE PERGAMINHO

Uma lição para a felicidade

A felicidade é um sentimento maravilhoso. Faz-nos sentir bem em qualquer situação. Dá-nos esperança em momentos de desespero. Faz-nos sentir em paz num mundo de confusão. Quero que nos sintamos felizes sempre que o desejarmos. Para alcançar esse objectivo, somos convidados a viajar e a aprender com David, um jovem índio que descobriu o segredo para ser feliz.

~

Aconteceram duas coisas naquele ano que afectaram o resto da vida de David. A primeira delas trouxe-lhe uma imensa tristeza. A segunda fê-lo desvendar o maior segredo de toda a sua vida. De qualquer maneira, nunca mais esqueceria aquele Verão prodigioso no Dakota do Sul há quase trinta anos atrás.

Tinha sido um dos verões mais quentes da memória recente. As colheitas tinham secado com a estiagem e mais de catorze vacas tinham sido encontradas mortas, havia três dias, nas pastagens de Henry Pata de Urso. Os mais fracos eram os primeiros a morrer, começando pelos velhos, pelas crianças e pelos doentes. Era o processo de *Wakantanka* e ajudava a manter o equilíbrio da natureza. Os mais fortes sobreviveriam e criariam uma descendência robusta. Era assim a vida, era assim que tinha sido sempre e que sempre seria. Henry, todavia, não achava que assim fosse. Ele nunca tinha sido capaz de ver para além dos seus interesses económicos.

Os alimentos escasseavam, e a pouca água que restava nos poços estava poluída pela actividade mineira de há vinte anos atrás. As pessoas receavam que este Verão acabasse com o seu estilo de vida. Mas não era disso que David tinha medo. Sabia que conseguiriam ultrapassar as dificuldades; sempre o tinham conseguido. Os Lakotas sobreviveram a guerras, a catástrofes naturais e à varíola. Uma seca não os mataria. No entanto, o rapaz continuava com medo, mais receoso do que alguma vez estivera.

Nessa manhã o pai não tinha ido à igreja.

As consequências espirituais não o assustavam tanto como o motivo pelo qual o pai tinha ficado em casa.

E tinha razão.

Esta foi a primeira circunstância que afectou o resto da sua vida.

David podia vislumbrar, à distância, o *sota* que se elevava enquanto regressava a casa. De repente, sentiu-se abatido. *Ela morreu*, pensava para si próprio, *e o meu pai está a queimar a cama dela para que não adoeçamos também*. Queria chorar, mas não o fez para não afligir os irmãos e as irmãs mais novos. *Tenho de ser um homem*, pensava ele, embora não passasse de um rapaz ainda muito jovem. *A minha família precisa que eu seja forte*.

Os irmãos de David não eram todos do mesmo sangue. Na verdade, a maior parte deles eram meio-irmãos, meio-irmãs, parentes por afinidade e pessoas adoptadas pela família. Mesmo com um espaço exíguo em casa, era dever dos Índios ajudarem a sua família; não a família no sentido meramente tradicional e restrito, mas a família no sentido mais lato segundo o qual todas as criaturas vivas estão ligadas e são dependentes umas das outras. Não era estranho, pois, que David acreditasse neste tipo de coisas, tal como no círculo da criação em que tudo está interligado. Era o seu modo de pensar, tal como era o de seu pai e tinha sido o de seu avô.

18

A irmã foi sepultada três dias depois, numa das extremidades do cemitério logo a seguir à entrada. Naquele pedaço de terra não havia árvores, e o sol ia fazer com que as ervas daninhas crescessem muito rapidamente. David tentaria controlar o seu crescimento, mas sabia que ia ser difícil. A escola e os serviços domésticos absorviam-lhe grande parte do tempo. Ainda assim, o facto de as ervas daninhas crescerem sobre o túmulo da irmã não era o que o preocupava, mas antes a sua localização; ficava apenas a alguns metros da estrada de acesso ao cemitério. As pessoas iriam pisá-lo quando entrassem. E pior até, a estrada iria ser alargada um dia, talvez dentro dos próximos anos, e o corpo da irmã teria de ser removido para um sítio mais conveniente, a fim de os *Buicks* e os *Pontiacs* poderem deslocar-se e permitir aos mais privilegiados visitar os seus entes queridos.

Vieram-lhe à memória os seus antepassados a serem levados das suas sepulturas e transportados para as instalações do Instituto Smithsonian a fim de os intelectuais poderem retalhar e esfuracar os seus restos mortais apenas para chegarem à conclusão de que eram iguais a todas as demais criaturas. Os Índios nunca haviam sido tratados com respeito. Todavia, este local era melhor que nada e, para além disso, era o que podiam pagar. O pai vendera o carro para fazer face às despesas do funeral. O jovem não conseguia perceber por que razão as coisas más pareciam acontecer sempre à sua família. Não queria que voltassem a dizer-lhe que a vida na reserva nunca fora fácil. Respostas simples como estas eram dadas por pessoas que tinham perdido a esperança. David não gostava desse tipo de pessoas.

Ele amara profundamente a irmã, tal como tinha amado a mãe, que morrera três anos antes, quando ele tinha apenas onze anos. Esse ano fora extremamente difícil para David. Não acreditava que este ano fosse diferente. Sofrimento, tristeza e memórias vazias eram tudo quanto podia mostrar pelos seus defuntos.

Depois começou a sentir-se deprimido. Com a depressão veio o medo de este estar a perder o autodomínio. Este sentimento era tão intenso que era como se estivesse de pé dentro do rio, com uma corrente fortíssima rodopiando à volta do seu corpo. Empurrava-o, enfraquecia-o e, a seu tempo, vencê-lo-ia. Esta espécie de forças ganhava sempre.

David sentia tremendas saudades da irmã. Sentia saudades dela por ser sua irmã *e* por ser a sua melhor amiga. Sentia saudades dela porque ele adorava as coisas que ela fazia e dizia. E... sem a irmã, os dias pareciam mais compridos, mais difíceis e mais negros que nunca. David tinha com ela uma afinidade especial. Ela tinha ajudado a criar as crianças mais novas da família após a morte da mãe, e o rapaz acreditava que fora ela a responsável pela manutenção da união familiar. Haviam sido tempos muito difíceis para todos, no entanto a sua força interior durante este período terrível tinha animado David inúmeras vezes. Ela era a sua conselheira e a sua amiga. Estudava com ele e ensinava-lhe Matemática de uma forma que o professor nunca conseguira. Jogava com ele diversos jogos, passeava e pescava com ele e contava-lhe histórias todas as noites. E agora... estava morta. Desaparecera para sempre... e David jamais voltaria a vê-la. Este pensamento fê-lo chorar horas a fio. Sentava-se à beira do rio e olhava desinteressado as águas que deslizavam. Muitas alturas houve em que pôs a hipótese de saltar para dentro do rio apenas para acabar com tudo. Mal sabia ele que sofria do tipo de depressão mais grave e destruidor. Mantinha-o acordado durante a noite, consumia-lhe o coração e a alma e acabaria por levá-lo para a Terra das Trevas.

Felizmente, David não era o género de pessoa para se suicidar. Era demasiado jovem para desistir da esperança. Mesmo que quisesse, não sabia se teria coragem. Havia, contudo, um motivo ainda mais importante para que não acabasse com a própria vida. *A irmã nunca iria perceber este facto.* É verdade, ele sabia que ela estava morta, no entanto... alturas havia em que a sentia com ele, viva e cheia de energia. Não sabia se estaria a imaginar, mas, de qualquer maneira, não deixava de prestar a máxima atenção a este sentimento, que era, pura e simplesmente, demasiado profundo para ser ignorado.

De manhã muito cedo e ao fim do dia, David quase que conseguia ouvir a irmã a falar com ele; as suas risadas misturadas com os sons dos gorjeios dos pássaros, e os seus sussurros bailando ao sabor do vento. Sentia, no fundo do coração, que ela estava a tentar comunicar com ele. Ao longo de muitos dias pensou nas razões que a levariam a isto, mas a depressão toldava-lhe o raciocínio. Mesmo assim, demorou quase duas semanas a perceber que o que ela desejava de facto para ele era que fosse feliz outra vez.

Felicidade.

David queria ser feliz de novo. Ansiava ardentemente pelos sentimentos de paz e de satisfação na sua vida. A irmã tinha sido capaz de ultrapassar a dor quando a mãe deles morrera. Não podia ele fazer o mesmo também?

Não sabia.

David desejava ter a coragem que a irmã demonstrara muitos anos atrás. Sabia que não podia esperar que, de um momento para o outro, esquecesse tudo quanto lhe havia acontecido. Essas realidades ficariam para sempre com ele. Contudo, onde iria ele encontrar a força de que precisava? E mais importante ainda, como é que ele poderia voltar a ser feliz?

Esta pergunta acordou-o uma manhã, acompanhou-o até à escola e ao longo das suas tarefas diárias e foi a última coisa em que pensou antes de adormecer.

Como é que podia voltar a ser feliz? Isso era o que ele mais queria saber. A resposta valeria todas as pedras preciosas do mundo. Se houvesse uma maneira de voltar a ser feliz, ficaria a saber o significado da própria vida. Mas mais importante ainda, poderia ele fazer o que a irmã desejava. Sim... conseguiria ele desvendar a resposta por si mesmo? Considerava-

-se um rapaz esperto, todavia não tão esperto quanto isso. Não, tinha a certeza, a resposta tinha de vir de qualquer outro lado.

Ou de qualquer outra pessoa.

Mas quem é que seria capaz de lhe dar uma tal resposta? *Talvez devesse falar com o meu* ate. (David chamava sempre *ate* ao pai, a palavra Lakota para «pai», pronunciando-se «ah-Tay»). *Ele saberá o que fazer.*

À semelhança de todos os rapazes, David considerava o seu *ate* um homem muito especial. Parecia agigantar-se acima de David, os ombros fortalecidos por uma vida inteira de trabalho. O seu *ate* era um homem que mantinha a cabeça erguida, um homem que se respeitava a si próprio e a todas as criaturas vivas. Havia um certo porte na maneira de se movimentar, uma força silenciosa que David ansiava compreender. *Onde é que ele a havia aprendido?* O seu *ate* não recebera uma educação convencional, nunca tinha estudado com os anciãos da tribo e só aprendera a ler depois dos vinte anos. Estaria o seu pai a contar a verdade quando dizia que aprendera tudo aquilo que sabia com as estrelas cintilantes e com os raios dourados e quentes do sol? Ou teria encontrado a paz do coração e da alma sob a copa da árvore onde frequentemente se sentava sozinho com os seus pensamentos? Escutava, de verdade, as almas dos seus antepassados nas brisas das planícies? David não sabia.

Fosse como fosse, existia algo para além da sua sabedoria que fazia com que David sentisse admiração quando se encontrava perto do seu *ate*. Em resumo, o pai de David era feliz e a sua felicidade era algo que David nunca até então experimentara. Era uma compreensão e aceitação de si mesmo, um amor interior que irradiava de si em cada minuto da vida. Não importava se as coisas lhe corriam bem. Nem isso dependia da forma como os outros o tratavam. Era como se nada houvesse que o pudesse desanimar.

O pai também possuía uma forma especial de olhar o mundo e de apreciar as pequenas coisas. Costumava sorrir quando ouvia os pássaros a chilrear logo aos primeiros alvores do dia; costumava rir-se dos problemas que se lhe deparavam. Amava a vida, como toda a gente devia fazer, e gozava-a ao máximo. O jovem ansiava ser como ele.

David esperou pelo pôr do Sol para falar com o seu *ate.* Sentaram-se na sala principal — as outras duas divisões eram usadas como quartos para a família. Era uma sala limpa embora um tanto desarrumada, mas com quinze pessoas numa casa com dois quartos torna-se quase impossível mantê-la sempre cuidada. Nunca seria apresentada na revista *Better Homes and Gardens,* no entanto era a sua casa e tinha orgulho nela. O único candeeiro que havia estava colocado atrás do rádio, que tocava Tommy Dorsey, suavemente em fundo. O pai estava sentado numa poltrona e dava uma vista de olhos pela *Reader's Digest.* Os irmãos e irmãs mais novos estavam deitados e os outros parentes mais velhos tinham saído.

Em voz baixa, David murmurou:

— *Ate,* quero ser feliz outra vez e quero que me ajude. Tenho andado muito deprimido com a morte de Emma. Não tenho conseguido dormir e parece que já não sou capaz de me concentrar.

O pai olhou para David com toda a atenção durante uns instantes e meneou a cabeça compreensivamente. Sorriu, levantando os cantos da boca ligeiramente. *Cresceu tão depressa,* pensou o pai para si. *Chegou a altura de ele aprender.*

O pai pousou a revista em cima da mesa e levantou-se da sua poltrona. Dirigiu-se a uma velha secretária já um tanto estragada e colocada a um canto. Tinha as costas doridas pelo trabalho do dia, mas sabia que a dor nada significava em comparação com o que iria dar ao filho. Abriu uma gaveta, remexeu nela por alguns momentos e retirou um pedaço gasto de *mnihuha,* cuidadosamente enrolado como um rolo de pergaminho. David já conhecia um pouco da história daquele pergaminho embora nunca lhe tivesse sido permitido, assim julgava ele, estudá-lo. Com raízes nas tradições índias, o pergaminho fora pintado à mão pelo seu trisavô, um curandeiro. Retratava em detalhe a *Wokahnigapi Oiglake*, uma viagem ao conhecimento.

O pai entregou o rolo a David.

— Toma isto e aprenderás — disse-lhe o pai.

David pegou no rolo de pergaminho com cuidado e desenrolou-o. O que viu surpreendeu-o.

O pergaminho continha uma série de sete imagens, umas mais elaboradas que outras. Não existiam quaisquer palavras por debaixo dos desenhos. David fixou o olhar no seu *ate*. Não tinha a certeza do que fazer com aquilo.

— Não percebo o significado disto.

O pai sorriu e acenou com a cabeça. Afastou-se do filho e sorriu enquanto olhava através da janela. O céu escurecia e as *wicahpis* começavam a cintilar. As *wicahpis*, surgindo lentamente como que por magia, desde sempre o tinham encantado.

Finalmente, respondeu em voz baixa:

— Esse pergaminho ensina-te como seres feliz na vida. Era isto que tu querias que eu te dissesse, não era?

David assentiu.

— Hm-hm. Não obstante, não entendo o que estes desenhos significam. Como é que eles me podem ajudar se não sei o que querem dizer?

— Meu filho, tens de descobrir o que eles significam.

O jovem já sabia a resposta à pergunta seguinte, mesmo antes que o pai respondesse.

— Vai dizer-me?

— Não. Penso que é melhor que o descubras por ti mesmo. As palavras apenas te podem ensinar uma pequena parcela do que deves saber. Vais aprender muito mais rapidamente se utilizares o pergaminho para te guiar.

David passou a mão pelo queixo pensativamente.

— Guiar-me? Guiar-me para onde?

— Leva-o contigo na tua viagem.

David levantou os olhos com espanto.

— Uma viagem? Aonde é que eu tenho de ir?

O pai voltou-se e encarou o filho. Apoiou-se no seu ombro.

— Não existe um caminho preestabelecido. É uma viagem ao conhecimento. Deves fazer o que achares que é melhor para encontrares o significado das imagens.

— Quem é que seria capaz de me explicar o que querem dizer?

— Alguém mais sábio do que eu. Alguém que consiga penetrar na tua alma interior e comunicar contigo. Alguém em quem confies e a quem admires.

O pai sabia que não estava a revelar ao filho tudo quanto podia, mas tinha um motivo para não o fazer. A viagem era uma experiência, não uma lição. David, por outro lado, estava perturbado. Não conseguia compreender a relutância do seu *ate* em contar-lhe o que ele queria saber.

— Quando devo partir? — perguntou ele.

— Quanto mais cedo iniciares a tua viagem, tanto mais cedo descobrirás tudo o que precisas saber.

O pai voltou a fixar o olhar nas *wicahpis*.

Após este diálogo, David deixou o seu *ate*; tinha-se tornado claro que ele não lhe diria mais nada. Pegou no rolo, levou-o para o quarto e estudou-o durante longas horas, antes de, finalmente, adormecer. Conquanto a sua escola o educasse de acordo com as normas *Wasicu*, ele tinha aprendido muito dos saberes índios à sua própria custa. De certeza, este facto o ajudaria.

Nessa noite não dormiu muito bem.

Na manhã seguinte, precisamente quando o *anpa wi* nascia, David tomou um pequeno-almoço substancial. Decidiu viajar apenas com a sua pequena mochila na qual transportava o rolo de pergaminho. Não via necessidade de levar o que quer que fosse mais com ele, não tencionava ausentar-se por um longo período de tempo. Depois de se despedir da sua *tiwahe*, partiu de casa e avançou pela rua poeirenta que conduzia aos limites da reserva. A sua *Wokahnigapi Oiglake* havia começado.

David pensou que devia ir encontrar-se, em primeiro lugar, com Ben Pena Longa. Esta ideia surgiu-lhe enquanto se vestia. Era como se *Wakantanka* lhe tivesse colocado esta ideia pessoalmente na sua mente. Ben Pena Longa trabalhava no Museu Índio à saída da reserva. Com toda a certeza, ele podia informá-lo de mais coisas sobre o significado do rolo. Ao fim e ao cabo, ele era um dos índios mais sábios da reserva.

Algumas horas mais tarde, David chegou ao museu. Ao entrar, perguntou a uma jovem recepcionista de nome Mary se podia falar com Ben Pena Longa. A recepcionista examinou-o atentamente. Reparou na tristeza dos olhos daquele jovem. Não havia dúvidas de que ele sofria. Ela conseguia ver a dor no modo como o rapaz olhava e no modo como se movia. Após um momento, levantou-se da sua secretária e encaminhou-se para uma pequena sala.

David tirou o rolo da pequena mochila e, enquanto esperava, ficou a estudá-lo por mais algum tempo. Algumas coisas eram-lhe familiares. A primeira imagem era uma *Iktumi*, a aranha traiçoeira, prestes a ser devorada por uma águia. Mas de que forma é que a *Iktumi* estava relacionada com a felicidade? Seria que ela o podia fazer feliz de novo? E mais importante ainda, quanto tempo passaria até ele ser feliz outra vez?

Alguns minutos depois, Ben Pena Longa aproximou-se. Ben tinha setenta e nove anos (era o que David tinha ouvido dizer na escola) mas não parecia ter mais do que uns cinquenta. O seu rosto apresentava poucas rugas e apenas alguns vestígios de cabelo grisalho nas têmporas — era tudo o que tinha. *Ele não pode ser tão velho*, pensou David.

Ben dirigiu-se a ele e apertou-lhe a mão.

— Querias falar comigo?

— É verdade — respondeu David.

— Acompanha-me.

Ben conduziu David para o seu escritório. À medida que caminhavam, David observou uma expressão tranquila de satisfação no rosto de Ben que lhe recordou a de seu pai. *Ben também sabia a resposta*, cogitava David enquanto Ben empurrava a porta e a abria. *Ben sabia como ser feliz.* David esperava que Ben partilhasse com ele esse segredo.

O escritório estava apinhado de objectos índios, cuidadosamente etiquetados mas ainda não em exposição. Era evidente que Ben adorava o seu trabalho. David retirou o rolo da mochila e entregou-lho.

Ben Pena Longa mirou o pergaminho por uns instantes. Depois perguntou:

— Em que posso ajudar-te?

— Não sei o que isso significa. Gostaria que mo revelasse.

— Compreendo — dizia Ben à medida que acenava com a cabeça e um ligeiro sorriso lhe atravessava a face. Levou algum tempo até falar. Parecia estar à procura das palavras certas. Por fim disse:

— O *mnihuha* foi esticado e seco. É muito antigo. Atrevo-me a pensar que foi um dos teus antepassados que o pintou. As próprias figuras foram pintadas à mão, tendo sido utilizados óleos e argilas naturais. Já antes tive a oportunidade de ver pergaminhos como este. São usados como instrumento da aprendizagem dos Índios, para aprenderem tudo quanto desejam. As imagens constituem símbolos de uma viagem. Consideradas no seu todo, as pinturas narram em pormenor a viagem de um jovem índio ao conhecimento. Chama-se *Wokahnigapi Oiglake.*

David sabia que Ben lhe estava a esconder a verdade, exactamente como o seu *ate* fizera.

— O meu *ate* disse que isso seria capaz de me fazer feliz.

Ben sorriu e acenou com a cabeça.

— O teu *ate* é um homem muito sábio.

— Preciso de saber o que os desenhos significam. Pode dizer-me?

— Lamento, mas não posso. Não estou habilitado a dizer-to. Tens de procurar alguém com mais experiência do que eu;

e consiga comunicar com o teu eu interior. Só essa ...erá revelar-te o seu significado.

A mesma resposta que o seu pai lhe havia dado, pensou David. Era uma resposta que não o ajudava. Mais uma vez sentiu as lágrimas inundarem-lhe os olhos. *Por que é que ninguém o ajudava? Por que é que ninguém lhe dizia o que aquelas imagens significavam?*

O rosto de David ruborizou-se, e a sua voz enrouqueceu, enquanto perguntou:

— Quem é que me pode explicar?

Ben ficou calado e olhou para ele com um sorriso calmo e tranquilo. David retribuiu o olhar, a sua expressão era de sofrimento e deixava transparecer ansiedade.

— Aproxima-te de mim, David — sussurrou Ben ao ouvido do jovem índio. — Aproxima-te mais. Tenho algo para te oferecer.

Nesse momento, Ben Pena Longa pegou no braço de David. Mal o fez, aconteceu algo de maravilhoso. David deixara de ver o rosto gentil de Ben Pena Longa. No seu lugar via outros rostos, milhares deles, a aparecerem e a desaparecerem. Lá estavam os rostos do avô, da mãe e da irmã, todos confundindo-se uns com os outros, e, todavia, todos nítidos e distintos. Via animais, centenas de espécies diferentes, e via a terra onde vivia. Lugares que iam e vinham como que transportados por um tornado. Depois, David sentiu tornar-se parte integrante do tornado. Ergueu-se bem alto no ar, e o mundo começou a girar. A boca do seu estômago subia e descia. Subitamente, milhares de pensamentos precipitaram-se sobre ele, na sua maioria com tanta rapidez que era impossível compreendê-los. Lembranças da vida, do amor, dos sonhos, das imagens, das pessoas e dos animais perpassavam pela sua mente com uma intensidade que ele nunca antes havia experimentado. O ímpeto dos pensamentos encheu-lhe a cabeça até ao limite da sua capacidade, e quando julgava que ia rebentar...

Os pensamentos pararam e tudo se acalmou. A escuridão envolveu-o. David não sabia nem onde estava nem o que estava a fazer. Essa escuridão encheu-o de medo. A visão permanecia, a irmã aparecera lá muito ao longe. Ao princípio não passava de um pequeno ponto de luz. Gradualmente, ela ia-se aproximando dele. Agora estava à sua frente e brilhava intensamente. Era um brilho branco e forte que não parecia perigoso, mas antes poderoso. David sentia-a viva outra vez, ela respirava, o seu coração batia. E falava com David. Não conseguia ouvi-la, mas sentia-lhe as palavras no seu âmago. *Ela estava a dizer-lhe para continuar, estava a dizer-lhe para não desistir.* Havia de encontrar as respostas que pretendia saber se, pura e simplesmente, continuasse a insistir. E depois desapareceu.

David voltou ao seu mundo com a mesma intensidade com que tinha saído dele alguns momentos antes. O jovem sentia-se como se fosse desmaiar logo que aquela visão se dissipou. Fechou os olhos, recuperou o equilíbrio e ouviu a resposta de Ben. Ben respondeu às questões que David lhe havia colocado apesar de nada de extraordinário se ter notado. Ter-se-ia, de facto, passado alguma coisa ou tudo aquilo não era mais que um sonho?

— Essa pessoa, terás de a descobrir sozinho. Não te posso ajudar.

Ben devolveu o pergaminho enrolado a David.

— Boa sorte, meu rapaz. Admiro-te por empreenderes esta viagem. Lembro-me muito bem da minha. Vais aprender muito. Vais aprender o segredo da própria vida.

David deixou o museu mais deprimido que nunca. Tinha sentido a irmã; sabia que ela velava por ele, no entanto sentia-se péssimo. Tinha a respiração acelerada, sentia nós no estômago e as pernas tremiam-lhe ao caminhar. Sentia-se como se fosse perder a consciência. As ideias sobre a sua visão vieram-lhe à memória, permaneciam com ele e faziam-no sentir-se fraco e tonto. David cambaleou em direcção a uma árvore e sentou-se sob a sua copa. Enquanto enterrava a cara nas mãos para tentar recuperar o autodomínio, desatou a chorar. Chorou durante o que lhe pareceu terem sido horas. O seu corpo estremecia e o coração sentia uma tristeza que jamais experimentara. Sentiu-se completamente só e abandonado.

Uma vez desvanecidas as suas emoções, sentiu-se cansado mas mais senhor de si. Limpou as lágrimas, assoou-se e começou a respirar fundo repetidamente. Uns minutos depois, já era capaz de reflectir sobre o que tinha acontecido no museu. Nesta altura já não tinha a certeza de a sua visão ter sido real ou imaginária. Parecia real, mas quanto mais pensava nisso, tanto mais se lhe escapava da mente. A visão tornou-se nublada, quase vaga. *Foi seguramente um sonho*, concluiu ele.

Todavia, bem no fundo do seu coração, David sabia que não fora um sonho. Se bem que os pormenores se tivessem dissipado, o objectivo da visita da irmã permanecia com ele. A visão tornara-se parte de si próprio e tinha-lhe indicado o caminho a seguir. Sabia agora quem era a pessoa que podia comunicar com a sua alma.

Tunkasila Paha Sapa. O Homem das Montanhas. O sábio Avô de todas as coisas vivas.

David partiu em direcção às *Paha Sapa*, as Montanhas Negras do Dakota do Sul. As *Paha Sapa* ocupam um lugar especial na religião e nas lendas índias. É um local sagrado, literalmente definido como *o coração de tudo o que existe*.

O facto de saber para onde se dirigia ajudou-o a esquecer a sua tristeza durante um curto espaço de tempo. Pensava, ao invés, na viagem às *Paha Sapa*. Era uma caminhada de dois dias (David já lá tinha ido por diversas vezes) e como não tinha dinheiro, não havia outra alternativa senão ir a pé. Não levava comida mas não se preocupou. Sabia pescar e sabia o que devia arrancar da terra para comer, isto é, se lhe apetecesse comer. O seu apetite era quase inexistente desde a morte da irmã.

Os dois dias de reflexão e de viagem não serviram para ajudar David. Após as primeiras horas, os seus pensamentos voltaram-se para a solidão. A falta de comida e de energia no seu corpo tornou-o fraco e vulnerável aos sentimentos da depressão. Em breve deixou de se importar com a própria viagem; o sofrimento apoderou-se dele, sufocando-o com o desespero. Durante dois longos dias o rapaz deslocava-se como um lobo esfomeado, sem pensar e sem se importar com nada.

David chegou às *Paha Sapa* ao princípio da tarde. Tinha aprendido, com os ensinamentos índios, que o Homem vivia numa cabana, a cerca de um quilómetro e meio a sul do Rio Bend e perto da Agulha dos Índios, uma rocha enorme e pontiaguda no topo das montanhas. Foi-lhe fácil encontrar o caminho conquanto a escalada em si fosse difícil. Quando alcançou o cume da montanha, ficou de algum modo surpreendido por verificar que a lenda índia era verdadeira. Lá estava a cabana, exactamente como a lenda contava e, sentado do lado de fora, encontrava-se um homem velho. O Homem parecia estar à sua espera, como se soubesse que David viria visitá-lo. O Homem fez-lhe sinal para se aproximar, e David aproximou-se.

O Homem encheu-lhe uma chávena de chá. Sorria enquanto a entregava a David.

— Deves estar com sede. A subida é árdua.

David pegou na chávena e bebeu o líquido. O chá reconfortou a sua garganta seca.

O Homem disse:

— Alegra-me que tenhas vindo, David.

O rapaz olhou-o com os olhos arregalados de espanto. *Como é que ele sabe o meu nome?* perguntou-se. Por alguns instantes sentiu-se assustado. Era, de facto, extraordinário, mas alguma coisa no Homem fez o seu comentário parecer natural e não descabido. E David confiou nele imediatamente. Não era tanto a forma como ele olhava, mas mais a sua maneira de *ser*. Era quase maior que a própria vida, e David sabia que o Homem reconhecia que o seu lugar no mundo era

31

o de um professor, um grande, e simultaneamente generoso, professor que partilharia a sua sabedoria com todos aqueles que se lhe dirigissem.

O Homem levantou-se e entrou em casa deixando a porta aberta para o jovem índio entrar também. David acabou o chá e seguiu-o.

A cabana pareceu-lhe a cabana típica de um índio. Fez-lhe lembrar a sua própria casa. Estava apinhada com objectos diversos: fotografias descoloridas, um rádio antigo, uma mesa e algumas cadeiras e artesanato índio. *Igual à de tantos outros índios*, pensou David, e o Homem observava-o. Subitamente, o jovem sentiu no mais íntimo do seu coração que o Homem lia o seus pensamentos. Perto dele David devia ser muito cuidadoso; os seus pensamentos só a si pertenciam, e ninguém tinha o direito de neles se intrometer.

— Concordo contigo — afirmou o Homem gentilmente, e David sentiu que ele saía da sua mente. David percebeu que os seus pensamentos lhe pertenciam de novo, só a si, e este facto fê-lo sentir-se mais à vontade.

O Homem tirou, de uma velha mala que estava colocada a um canto, um cobertor cosido à mão.

David perguntou:

— Como é que sabia o meu nome?

O Homem das Montanhas respondeu-lhe com um sorriso:

— Tenho estado à tua espera.

— Tem estado à minha espera? — perguntou o rapaz cheio de curiosidade.

O Homem das Montanhas estendeu o cobertor no chão e sentou-se. David sentou-se em frente dele, depois tirou o rolo de pergaminho de dentro da sua mochila.

— Já começaste a tua viagem — afirmou o Homem enquanto se instalava confortavelmente. — Estou muito satisfeito. Faz-me bem sentir que o nosso estilo de vida ainda continue a ser ensinado.

David olhou para o pergaminho pintado.

— O meu *ate* deu-me isto e julgo que o senhor é a pessoa indicada para me explicar o que significa.

— Há algo que te perturba, meu jovem amigo. O que é que te preocupa?

Talvez fosse pelo modo como a pergunta foi feita ou talvez fosse simplesmente a presença do Homem (David não sabia dizer bem), mas o que lhe aconteceu naquele momento jamais seria esquecido. Contrariamente à visão que tivera com Ben, a visão inspirada pelo Homem era mais subtil e, no entanto, muito mais forte. Era como se a alma de David se desprendesse do seu corpo e pairasse sobre as planícies, deslizasse com o vento, descrevesse círculos como os pássaros e, depois, fosse atirada directamente para as estrelas. Sentiu-se livre e amado, um recipiente cheio de compreensão. Jamais experimentara uma tal paz de espírito e de alma. Ficou unido à natureza, reveladora na sua beleza, e absorvendo todas as lições que ela lhe podia ensinar. A pureza da sua alma aliviou as suas inquietações e as suas preocupações. Sentiu-se unido a *Wakantanka*...

A visão desapareceu de repente, exactamente como havia acontecido com Ben.

Com a mesma rapidez com que a visão surgira e libertara a sua alma, sentiu que a sua alma e o seu corpo se reuniram neste mundo. Já não se sentia livre, mas antes sobrecarregado e pesado como uma rocha imobilizada através dos séculos. No seu coração sentiu o peso da tristeza e da depressão. O seu coração estava imerso, mais uma vez, no desespero.

A súbita alteração das suas emoções abalou o seu estado físico. Começou com suores frios e teve dificuldade em recuperar o ritmo da respiração. Por fim, respondeu à pergunta do homem.

— Vim ter consigo porque me sinto muito triste. A minha irmã morreu há pouco tempo. É muito doloroso; amava-a tanto e agora nunca mais a verei.

O Homem acenou com a cabeça compreensivamente, os olhos mostrando compaixão.

David continuou:

— Quer dizer, ela desapareceu... desapareceu para sempre. Pura e simplesmente, não consigo entender. Era jovem... ela... ela tinha a vida toda pela frente. Sinto tantas saudades dela.

David começou a chorar. Não conseguia evitá-lo. A recordação da morte da irmã acabrunhava-o. A sua alma doía-lhe, e o seu coração sentia-se pesado.

O Homem inclinou-se para a frente e colocou a mão no ombro de David.

— A morte é sempre difícil de compreender e de aceitar. Mas, meu jovem amigo, a tua irmã não saiu da tua vida para sempre. Ela está contigo agora e há-de estar sempre. Ela sente a tua dor e entristece-se com isso. Ela só deseja que sejas feliz.

— Como... Como é que sabe?

— *Sei.* Meu jovem amigo, tens de separar a vida física da tua irmã da sua vida espiritual. Ela não partiu para sempre; transformou-se em algo muito mais grandioso do que tu ou eu. Ela está com o Grande Espírito; ela partilha as Suas maravilhas. E mais importante ainda, ela continua viva em ti! *David, a tua irmã jamais te abandonará!* Quando fores confrontado com algum problema, pensarás no que ela te teria aconselhado a fazeres. Ela estará sempre contigo para te ajudar quando te surgirem tempos difíceis. O seu espírito paira nos ares; ela está livre e em paz. Todos os seus sonhos se tornaram realidade, e a sua sabedoria encontrará um caminho na tua vida.

David escutava, contudo continuava triste. Brandamente insistiu:

— Mas quando penso como... como ela... ela era uma pessoa tão extraordinária. Dói-me tanto saber que ela morreu.

34

A expressão do Homem era piedosa. Falou devagar enquanto segurava o ombro de David. O seu toque era suave e ao mesmo tempo vigoroso. Conhecia a arte da verdadeira comunicação.

— A dor que sentes agora desaparecerá a seu tempo e será substituída pelo amor e pelas recordações felizes da tua infância com ela. Este é um legado especial que a tua irmã te deixou. Podes usar as lembranças da tua irmã para a manteres viva neste mundo *tanto tempo quanto viveres.* Está nas tuas mãos dar a conhecer aos outros o quão especial ela foi na tua vida. Se assim fizeres, eles entenderão e acabarão por a conhecer tão bem como tu a conhecias, e ela viverá para sempre em ambos os mundos.

O rapaz achava que meras palavras não o podiam ajudar nesta altura. Contudo, mesmo com a sua pouca idade, ele também sabia que devia tentar recordar-se do que o Homem lhe havia dito. Sabia que seria muito importante para o ajudar a aceitar a sua perda.

— Tem a certeza?

Pela forma como o Homem fechou os olhos e acenou com a cabeça, David percebeu que ele estava a dizer a verdade. Nunca tinha encontrado ninguém tão certo de alguma coisa, e isso fê-lo sentir-se um pouco melhor.

O Homem respondeu:

— Sim. *Toda a vida se conjuga.* Transportarás um pedaço da tua irmã o resto da vida. Ela sobrevive em ti, meu amigo.

Durante uns instantes nenhum deles falou. David limpou as lágrimas do rosto. Pouco depois acrescentou:

— Há muitos dias que ando deprimido, e isso tem arrasado a minha vida.

— Foi por isso que vieste ter comigo? Queres saber como voltar a ser feliz?

— Hm-hm — murmurou David assentindo com a cabeça. O Homem rasgou-se num sorriso. Os seus olhos brilharam intensamente e piscaram. As linhas do sorriso desenharam-se no rosto do Homem e David observava, maravilhado, como o

Homem parecia irradiar sentimentos positivos de dentro de si. A sua expressão fez com que David se sentisse melhor.

David olhou para o pergaminho enrolado, ainda preso nas suas mãos, e entregou-o ao Homem.

— Pode explicar-me o que significam estes desenhos? O meu *ate* disse-me que se eu descobrisse os seus significados, aprenderia o que preciso saber. Disse que eu voltaria a ser feliz.

O Homem falou quase como se detivesse o poder da felicidade.

— Alegro-me que desejes a felicidade, meu jovem amigo. É o primeiro passo para a compreensão deste sentimento e para o tornares parte integrante da tua vida. Uma vez que desejes a felicidade, ela encontrar-te-á e levar-te-á a aceitares a tua perda de forma a que te sintas bem com a vida. A felicidade permitir--te-á sentires esperança nas situações mais negras e paz num mundo de caos. A felicidade permitirá que os teus sonhos se tornem realidade! *É o sentimento mais belo do mundo e nunca terá de deixar a tua vida!* Para sermos felizes, só precisamos de querer e de saber como sê-lo. O significado das imagens do pergaminho mostrar-te-á tudo quanto precisas saber. Elas esclarecer-te-ão.

— Vai dizer-me?

— Ajudar-te-ei de todas as maneiras ao meu alcance. O meu maior desejo é que tu e todos os demais sejam felizes na vida. Mas esta é a tua viagem; os desenhos terão significados ligeiramente diferentes para pessoas diferentes, incluindo tu próprio. O sentido das imagens do pergaminho na tua vida cabe-te a ti descobrir.

— O que é que eu tenho de fazer para ficar a saber?

— Tens de te ir embora daqui para encontrares o significado da primeira imagem.

David examinou o primeiro desenho. Era a imagem da *Iktumi*, a aranha mais traiçoeira, prestes a ser comida por uma águia. Perguntou:

— A imagem da *Iktumi?*

— Sim — confirmou o Homem.

— Tenho de aprender a lenda da *Iktumi?*

— De certo modo. Não peças às pessoas que te expliquem a lenda; isso não vai adiantar nada. Pergunta a oito pessoas diferentes a resposta que procuras. O significado do desenho tornar-se-á claro depois de encontrares essas respostas.

— Mas a que oito pessoas?

— Quaisquer oito pessoas servem. Elas dar-te-ão o sentido da primeira imagem. *Tens de perguntar-lhes qual a forma de ser feliz.*

A pergunta pareceu estranha a David. Foi por aquele motivo que ele tinha subido às *Paha Sapa*. E, por outro lado, como é que a felicidade estava relacionada com a *Iktumi?*

O Homem continuou:

— É importante que encontres oito respostas diferentes dadas pelas pessoas a quem perguntares. Volta aqui quando tiveres acabado esta tarefa. Nessa altura seremos capazes de explicar o significado do primeiro desenho.

Durante algum tempo, David permaneceu sentado muito quieto. Aquela viagem ia levar mais tempo do que ele previra. Ia ter de se encontrar com pessoas e de falar com elas. Mas quem? Com quem devia ele falar?

— Essas pessoas têm de ser índios?

— Não. As suas respostas é que têm de ser diferentes. É essa a única exigência.

— E se elas não forem capazes de me darem as respostas certas?

— Todas as respostas conduzem ao conhecimento. Não te preocupes.

Apesar de tudo, o rapaz estava preocupado quando deixou aquele local. Não sabia por onde começar. Por um momento quis voltar para casa.

O Homem nas Montanhas tinha-lhe dito à medida que se afastava:

— Não pares agora, acharás as respostas certas. É mais fácil do que tu pensas.

David só regressou passados três dias.

～

A LIÇÃO DE *IKTUMI*

O significado do primeiro desenho

Iktumi *é a palavra lakota para «aranha». A Iktumi é considerada traiçoeira e mentirosa. A Iktumi pode levar as pessoas a acreditarem em coisas que não são verdade. É muito perigosa por causa do seu poder. A Iktumi possui uma aptidão especial para arruinar a vida de qualquer pessoa.*

~

O Homem das Montanhas sorria à medida que David subia a encosta.

No rosto do jovem transparecia uma expressão perturbada. Ainda continuava triste; a viagem parecia não o ter ajudado.

— Encontraste o que precisavas? — perguntou-lhe o Homem das Montanhas.

— Não tenho a certeza. Fiz a pergunta a todos com quem me cruzei. Muitos deles deram a mesma resposta. No entanto, parece-me que nenhum deles me ajudou. Continuo a não me sentir melhor que antes.

— Achaste oito maneiras diferentes de se ser feliz?

— Hm-hm. Tomei nota delas mas não fiquei mais esclarecido do que quando saí daqui.

— Ah, isso ficaste. Só que ainda não percebeste. Entra. Vamos preparar-nos.

Uma hora depois estavam prontos. Um cobertor havia sido estendido no chão, alguns galhos tinham sido postos a arder dentro de uma urna e a única luz existente provinha de duas tochas, colocadas uma atrás de cada um deles. As sombras ondulavam. O Homem sentou-se calmamente, com os olhos fechados durante bastante tempo. David observava-o, imaginando o que ele estaria a fazer. Por fim, o Homem abriu os olhos e disse:

— Conta-me o que aprendeste.

— Quer que lhe diga como ser feliz?

O Homem sorriu.

— Podes dizê-lo dessa forma se o desejares.

David pensou por um breve momento na maneira correcta de começar e principiou:

— Quando saí daqui, dirigi-me à cidade. Depois de andar às voltas durante uma hora encontrei uma pessoa que quis responder à minha pergunta. Era um homem mais velho que vivia perto da cidade. Era muito pobre. A casa em que morava estava a cair aos bocados. Contou-me que não ia poder comer enquanto não recebesse o cheque da pensão do Estado. Quando lhe perguntei de que forma poderia ser feliz, *respondeu que se tivesse mais dinheiro, então seria feliz.*

— Até que ponto é que essa resposta te impressionou?

David ponderou a pergunta por uns instantes. Não conseguia responder; alguma coisa o fazia conter-se. Mas o quê? O que é que o impedia de responder à pergunta? Era a sua consciência ou... qualquer outra coisa? Sentiu-se desfalecer como se fosse desmaiar a qualquer momento. O mundo começou a rodopiar, girava à sua volta, e David começou a ficar com náuseas. Felizmente, a resposta surgiu-lhe antes que vomitasse. A verdade era simples e tinha-lhe sido dada por alguém que não pertencia a este mundo. Estava claro que a irmã o guiava, conduzindo-o para as respostas certas. Ele não a conseguia ver, não a conseguia ouvir, mas sabia que ela estava presente. Conseguia senti-la dentro de si, levando-lhe a verdade aos lábios. Soube o que ela queria que ele dissesse. Afirmou apenas:

— Incomodou-me.

O Homem sorriu de novo.

— Óptimo. Afinal, *aprendeste*. Diz-me, por que motivo te incomodou?

Desta vez David não fez nenhuma pausa antes de responder. Disse rapidamente:

— Para mim, não fazia qualquer sentido. Tenho a certeza de que ele acreditava no que afirmava, todavia o dinheiro não nos pode tornar felizes. Podemos utilizá-lo para adquirir as mais diversas coisas, mas não o podemos usar para comprar a felicidade.

O Homem olhava para a urna em que ardiam os galhos enquanto falava. A expressão do seu rosto era de paz.

— Tens razão, meu jovem amigo. O desejo da riqueza como meio de se ser feliz já eu ouvi muitas vezes, *não obstante o facto de não ser verdade*. As pessoas têm de perceber que é a sua conduta que deve ser enriquecida e não as suas carteiras. Na vida das pessoas o dinheiro só tem a importância que elas lhe derem. Qualquer pessoa pode ser feliz, se quiser, sem dinheiro. *A felicidade não tem os seus filhos predilectos*, mas não pode ser comprada com riquezas materiais.

— Eu sei — afirmou David enquanto assentia com a cabeça. — Muitas pessoas pobres com quem me cruzei eram tão ou mais felizes que as ricas. Na verdade, ouvi, ao longo da minha viagem, uma história sobre um homem rico que se suicidou. Se uma pessoa somente precisasse de dinheiro para ser feliz, explique-me, então, por que é que ele se matou.

O Homem pegou num cofre que estava no chão a seu lado e abriu-o. Tirou um pequeno cristal de rocha e colocou-o a seu lado. Depois respondeu:

— É uma coisa que não pode ser explicada, a menos que percebamos e *acreditemos que a felicidade não depende do dinheiro, depende de nós e da nossa atitude perante a vida!* Adiante. Qual foi a segunda resposta que obtiveste?

David respondeu com presteza:

— Fama. *Encontrei uma pessoa que me disse que se fosse famoso, seria feliz.* Sabe, ele queria ser uma estrela de cinema.

— Ah, sim. A fama significa muito para muita gente. Esta resposta fez algum sentido para ti?

David abanou a cabeça.

— Não. Essa resposta incomodou-me tanto quanto a primeira.

— Porquê?

— Pelas mesmas razões. A fama não faz as pessoas felizes; se assim fosse, então todas as pessoas famosas seriam felizes. No entanto, existe muita gente famosa que não é feliz. Na minha opinião, a fama traz muitas responsabilidades e algumas vantagens, mas não nos torna felizes.

— Tens razão mais uma vez — ripostou o Homem. — *A felicidade vem de dentro das pessoas, não do que elas fazem ou do que são.* Temos de nos aperceber e acreditar que podemos ser felizes sendo ou não famosos. A felicidade está disponível para todos. Não depende do número de pessoas que conhecemos! Não é a panaceia que devemos procurar se queremos ser felizes. Quando somos felizes, não precisamos de fama. Mesmo sendo famosos, a felicidade vem de dentro de nós, não da fama.

O Homem tirou outro cristal de rocha do mesmo recipiente e colocou-o ao lado do primeiro.

— E agora, qual foi a terceira resposta que te deram?

— Bom, nesse mesmo dia, mais tarde, conversei com uma mulher ainda jovem que vivia sozinha na cidade. Perguntei-lhe se o dinheiro e a fama a fariam feliz, e ela disse que não. O dinheiro e a fama nada significavam para ela, tinha quase tudo o que queria. Contudo, estava muito deprimida apesar de todas as coisas boas que tinha na vida e disse que nunca seria feliz até obter uma coisa que desejava

41

muito. *Disse que se encontrasse a pessoa certa com quem casar, então seria feliz.*

— Achas que ela estava certa?

— Não. Não acho. Ter o parceiro certo é muito importante, mas não considero que ele nos possa fazer felizes o tempo todo. Já antes conhecia pessoas, e até encontrei uma na minha viagem, que amavam os seus cônjuges, mas a quem só isso não fazia felizes.

O Homem retirou mais um cristal do mesmo cofre e pô-lo de lado enquanto afirmava:

— Dizer que outra pessoa nos pode fazer felizes é uma grande injustiça para nós próprios. É o mesmo que dizer que alguém detém o controlo das nossas emoções. Mas aquele que conhece a sua alma sabe que não é verdade. O sentimento de felicidade vem de dentro de *nós*, não de qualquer outro lugar. Apenas nós, e exclusivamente nós, somos o instrumento do controlo dos nossos sentimentos.

David meneou a cabeça em sinal de compreensão. O Homem disse:

— Fala-me dessa pessoa que encontraste na tua viagem e que tinha um bom casamento. Disseste que ela era infeliz?

— Bom, tal como afirmei, ela disse-me que amava o marido, que era o mais perfeito dos homens que alguma vez podia ter imaginado. Contudo, não se sentia bem com a sua vida; portanto, perguntei-lhe o que significava para ela ser feliz.

— E o que disse ela?

— *Disse que seria feliz se tivesse mais amigos.* Desde pequena que sempre sonhara em ser uma pessoa popular, mas que não tinha muitos amigos. Contou-me que se sentia muito sozinha apesar de ter um bom casamento.

O Homem colocou um quarto cristal de lado.

— Ter amigos nada tem a ver com o ser-se feliz, excepto pelo facto de que se formos felizes, teremos mais amigos. É como as outras coisas que as pessoas acreditam serem necessárias para alcançar a felicidade; e estas coisas negam a essência da sua própria beleza. As pessoas partem do princípio de que têm de possuir algo antes de serem felizes, como se a felicidade tivesse de ser conquistada ou merecida. Nada poderia estar mais longe da verdade. Ao fim e ao cabo, temos de perceber que podemos ser felizes sem amigos nenhuns, e que ter amigos não nos garante a felicidade.

David aquiesceu de imediato.

— Aprendi, com a pessoa que encontrei a seguir, que ter uma grande quantidade de amigos não é sinónimo de felicidade. Esta mulher era muito popular entre os amigos. Tinha mais amigos do que qualquer outra pessoa que encontrei na minha viagem.

— E era feliz?

— Não, na realidade não era. Era simpática e amável. Até me convidou para jantar na casa dela. Pude entender por que era tão querida; parecia gostar de toda a gente tanto quanto gostavam dela. Todas as crianças da vizinhança lhe chamavam «tia» e recebia imensos convites para festas. Era mais popular do que qualquer outra pessoa que jamais conheci. No entanto, quando lhe perguntei se era feliz, disse-me que não.

— Por que é que ela disse isso?

— Bem, havia de a ter visto. Sabe, ela é muito gorda, e a cara dela está cheia de marcas da varicela que teve na infância. Disse que seria feliz se fosse mais bonita. Acrescentou que, quando está sozinha, se farta de chorar. Tentei convencê-la de que o aspecto físico não tem tanto valor quanto a afabilidade para com os outros, mas não consegui, não quis dar-me ouvidos.

O Homem sentiu pena da mulher. Pôs o quinto cristal de lado.

— É muito triste quando as pessoas não conseguem aceitar-se como são. Ainda é pior quando acham que precisam de mudar alguma coisa para serem felizes. A beleza não consegue tornar ninguém feliz; até mesmo pessoas muito belas têm de aprender a ser felizes. E quando se quer ser feliz, pode-se sê-lo; não se é excluído pelo aspecto que se tem.

Lenta mas firmemente, David pensou que estava a começar a entender de que forma a felicidade estava relacionada com a *Iktumi*, a aranha mais traiçoeira. Ainda não percebia tudo, mas sabia que iria compreender a breve trecho.

— Que fizeste depois que a deixaste?

— Bom, estava a fazer-se tarde, portanto procurei um celeiro onde pudesse dormir. Foi aqui que encontrei outro homem. Foi muito triste. Era cego e uma das suas pernas tinha sido amputada durante a Segunda Guerra Mundial. Vivia das esmolas que lhe davam nas ruas e sentia-se muito infeliz com a sua vida. *Disse que, se não fosse fisicamente deficiente, seria feliz.*

O Homem já tinha ouvido isto muitas vezes. Colocou o sexto cristal de lado.

— A saúde física é uma coisa que muita gente conta como certa. Os simples prazeres de caminhar ao sol, de escutar o marulhar de um rio ou de observar o encanto de um pôr-do--Sol são experiências que para muitos não passam de sonhos. Todas as pessoas capazes deviam concentrar-se no que têm e arranjar tempo para gozarem esses prazeres simples. Ajudá--las-ia a avaliar o quão especial é a vida. Não obstante, estas pequenas coisas nada têm a ver com a felicidade ou a infelicidade de uma pessoa. Uma incapacidade física não tem de estragar a vida de alguém. A felicidade não é exclusiva daqueles que gozam de perfeita saúde. Apesar de todas as limitações físicas do mundo, podemos ser felizes se for essa a nossa vontade. Quero que compreendas que a felicidade é um sentimento que vem de dentro para fora, e que nada do que te aconteça tem necessidade de afectá-lo.

— Estou a começar a entender isso agora.

— Também já começaste a perceber o objectivo da tua viagem, quer te dês conta disso ou não. Encontraste a sétima resposta no dia seguinte?

— Hm-hm. Deparei com uma jovem que estava a vender a casa. Disse que tinha demasiadas recordações. O marido tinha morrido. *Disse que seria feliz se o esposo não tivesse falecido.*

O Homem olhou para o chão. Colocou o sétimo cristal de parte.

— É o mesmo motivo por que te tens sentido infeliz. Deves ter entendido exactamente como ela se sentia.

— Sim, entendi. Tentei dizer-lhe as mesmas coisas que o senhor me disse, mas não me parece que a tenham ajudado.

O Homem principiou em voz baixa:

— A morte... tem causado receio na nossa sociedade desde que o homem é homem. No entanto, não é o fim da vida; é o princípio de uma nova vida. As pessoas deviam perceber que alguém que morreu não desapareceu; esse alguém transformou--se em algo muito mais grandioso. E, tal como te disse, as recordações podem manter viva essa pessoa, neste nosso mundo, muito mais tempo do que tu ou eu possamos viver. As pessoas têm de começar a perceber estas coisas. A seu tempo, a dor será substituída pela emoção que escolhermos. E, independente-mente do que pensamos, podemos ser felizes outra vez. Talvez não logo de seguida, mas seguramente com a passagem do tempo. Se duvidares do que te estou a dizer, faz a ti mesmo esta pergunta: *Acreditas, sinceramente, que o teu ente querido que morreu quer que sejas infeliz?* Se a resposta for negativa, então tens de fazer um esforço para voltares a ser feliz e honrar essa pessoa.

Os dois ficaram calados por uns momentos. O Homem pegou num pequeno bule de chá e serviu duas chávenas. Entregou uma ao jovem.

— Diz-me qual é a última forma de ser feliz.

— Demorei a maior parte do dia, mas encontrei alguém com um motivo diferente. Disse que estava preocupado com a paz, que se preocupava com o ambiente, que se preocupava com tudo. *Afirmou que se tudo isso fosse alterado, então seria feliz.*

— Achas que essa pessoa tinha razão?

— Não. Os motivos eram os mesmos de todos os outros. A felicidade não depende do que acontece pelo mundo fora; depende da nossa própria percepção. As pessoas podem ser felizes se o desejarem.

O Homem sorriu para David.

— Aprendeste muito, meu jovem amigo. Fizeste exactamente o que te foi exigido.

David franziu, embora levemente, o sobrolho.

— Mas ainda não entendo o que o desenho significa de facto. Acho que sei um bocadinho, mas não sei tudo. É isso que eu devia aprender, não é?

— Sim, é verdade. E conseguiste aprender. Pega no pergaminho e estende-o à tua frente.

David obedeceu.

O Homem pediu:

— Diz-me, o que vês tu na primeira imagem?

— Vejo a *Iktumi* prestes a ser comida por uma águia.

— Sabes alguma coisa sobre a *Iktumi* e a águia?

— Sim, mas não muito. *Iktumi* é uma aranha traiçoeira. Serve-se de truques para influenciar as pessoas. É uma mentirosa. O nosso criador fala-nos a nós e a todos os homens através da águia. A águia é a verdade.

— Óptimo. Agora diz-me, o que há de comum na tua viagem com a *Iktumi*?

David observou o desenho durante algum tempo. Sabia que nunca teria conseguido responder à pergunta sem a ajuda da irmã. Quando fechou os olhos para pensar sobre a questão que lhe tinha sido posta, foi capaz de a ouvir sussurrar-lhe a resposta aos ouvidos. A qualquer outra pessoa teria parecido o som do vento. David respondeu:

— A *Iktumi* tem oito pernas, e eu tenho oito maneiras diferentes de ser feliz.

— São essas as formas verdadeiras de sermos felizes?

— Parecem ser suficientemente verdadeiras para a generalidade das pessoas, mas...

David fez uma pausa. Escutou a palavra *não* murmurada ao ouvido, e as razões tornaram-se, de repente, evidentes. Falou com excitação e rapidamente; era magnífico contemplar a verdade.

— *Mas não são verdadeiras!* Todas as pessoas parecem precisar de alguma coisa diferente para serem felizes. Dinheiro, fama, amizades, tudo isso foi mencionado, mas podia pensar em inúmeros exemplos que lhes mostram serem falsos. Estas são as mentiras que a *Iktumi* utiliza para influenciar as mentes das pessoas! A *Iktumi* não quer que as pessoas sejam felizes. Quer fazer crer que a felicidade está fora do nosso alcance. A *Iktumi* é muito cruel.

O Homem acenou a cabeça em concordância.

— Os truques e as mentiras da aranha desviaram muitas pessoas da verdade. Espero que ninguém acredite nestas mentiras porque elas não fazem senão afastar-nos da felicidade. Agora diz-me: de que modo estás representado no desenho?

— Pela águia?

— Nem mais. Porquê?

— Porque não acredito nas mentiras da aranha! Decidi tornar-me na águia e decidi eliminar as mentiras da minha vida e substituí-las pela verdade.

O Homem concordou.

— As coisas que a *Iktumi* promete não conseguem fazer as pessoas felizes. E assim, todas as pessoas deviam, ao invés, substituir as mentiras da *Iktumi* pela verdade, tal como tu fizeste. A verdade é bela e, no entanto, simples: *só nós próprios somos responsáveis pela nossa felicidade.* Só nós controlamos os nossos sentimentos. Só nós podemos construir a nossa felicidade. Não há nada que o possa fazer por nós. Por outro lado, também deveríamos dedicar algum tempo a reflectir e a perceber que temos muitos tesouros valiosos, coisas a que podemos chamar só nossas. Cada um de nós tem, neste mundo, algo para oferecer. Dediquemos algum tempo a apreciar o que, de facto, temos na nossa vida, não nos centremos naquilo que não temos. Compreendamos que nós, bem como as outras pessoas, somos o ser mais especial jamais criado. Se não tivermos mais nada, temos a nossa vida, uma vida que podemos escolher levar como quisermos. Uma vida em que os nossos sonhos se podem tornar realidade. *Uma vida em que podemos ser felizes se o desejarmos, independentemente do que nos acontece ou não.*

O Homem fechou os olhos e, durante uns momentos, reflectiu profundamente. Depois, lentamente, começou a recitar um poema, um poema que ele sabia desde a sua meninice. Mesmo exprimindo-se em Lakota, David conseguia acompanhá-lo.

> *Respeitei na juventude*
> *o mundo todo e a vida,*
> *De nada sentia falta a não ser*
> *da paz d' espírito,*
> *E, contudo, eu mudei, apesar das minhas crenças,*
> *nas mentiras da* Iktumi *acreditei cegamente.*
> *Parecia que da verdade, era ela a detentora,*
> *e, solene, prometeu fazer-me feliz p'ra sempre.*
> *A* Wakantanka *riquezas ela me fez implorar,*
> *afirmando que poder eu viria a ter;*
>
> *Foi-me oferecida a pobreza, p'rà*
> *minha força interior achar.*
> *Pedi fama,*
> *para os outros me poderem conhecer;*
> *Foi-me dado o anonimato,*
> *p'ra saber conhecer-me.*
> *Pedi alguém a quem amar p'ra*
> *jamais ficar sozinho;*
> *Foi-me dada a vida dum eremita, p'ra*
> *aprender a aceitar-me como sou.*
> *Pedi poder, p'ra*
> *coisas realizar;*
> *Foi-me dada a hesitação, p'ra*
> *a obedecer aprender.*
> *Pedi saúde, p'ra*
> *uma vida longa viver;*

Foi-me dada a doença, p'ra
cada minuto sentir e também apreciar.

Pedi à Mãe Terra coragem,
p'ra seguir o meu caminho;
Foi-me dada a fraqueza, p'rà
Sua falta poder sentir.
Pedi uma vida feliz, p'rà
vida poder gozar;
Foi-me dada a vida, p'ra
poder viver feliz.
de tudo o que havia pedido, nada me foi ofertado,
apesar disso, contudo, todos os meus desejos
realidade se tornaram.

Não obstante eu próprio e a malvada Iktumi,
os meus sonhos se realizaram,
Fui generosamente abençoado,
mais do que alguma vez esperei.
Agradeço-te Wakantanka,
por tudo quanto me deste.

David chorou quando o Homem terminou. Não eram lágrimas de tristeza, mas antes lágrimas de amor e de felicidade. O poema buliu profundamente com ele; sabia que jamais o esqueceria.

O Homem enfiou a mão no bolso e retirou um novo pergaminho. Estava em branco. Começou a fazer uma listagem das mentiras da *Iktumi*.

As oito mentiras de *Iktumi*

1. Se eu fosse rico, então seria feliz.
2. Se eu fosse famoso, então seria feliz.

3. Se eu conseguisse encontrar a pessoa certa para me casar, então seria feliz.
4. Se eu tivesse mais amigos, então seria feliz.
5. Se eu fosse mais belo, então seria feliz.
6. Se não tivesse qualquer deficiência física, então seria feliz.
7. Se não me tivesse morrido um ente querido, então seria feliz.
8. Se o mundo fosse um lugar melhor, então seria feliz.

~

Nenhuma destas afirmações é verdadeira! Não desistamos de eliminar estas mentiras da nossa vida e será mais fácil sermos felizes. Podemos ser felizes se o desejarmos, e o primeiro passo é banir as mentiras da *Iktumi* das nossas vidas.

~

A LIÇÃO DO HOMEM DO DESENHO

O significado do segundo desenho

Temos de perceber o significado da felicidade antes de sermos felizes. Tal como numa viagem, não chegaremos ao fim se não soubermos para onde vamos. A felicidade, embora mal interpretada pela maioria das pessoas, não é algo que seja difícil incluir na nossa vida. Uma vez que tenhamos compreendido o que ela é, seremos capazes de melhorar todos os aspectos da nossa vida.

~

David estava maravilhado a observar o Homem a escrever as oito mentiras da *Iktumi*. Regozijava-se por ter vindo ter com ele. Tinha aprendido tanto durante a semana anterior: tinha tido a visão da irmã e sentido o afluxo da sabedoria ao seu coração. Estava a começar a entender o significado da vida; estava a começar a compreender-se a si mesmo.

Sorria enquanto olhava para *Tunkasila*. À medida que olhava para ele, cogitava sobre aquela criatura. De onde tinha vindo? E quando? Que idade tinha? Sabia tão pouco sobre ele!

David decidiu que estas coisas agora já não eram importantes. Por sua vez, o Homem, *esse sim*, era importante. Ele era tudo quanto David aspirava ser; ele era a pessoa que podia ensiná-lo a ser feliz. Enquanto contemplava *Tunkasila*, pensava que nunca havia visto um homem tão em paz consigo próprio. *A maneira como ele olha e sorri, a forma de se sentar e caminhar, transmite uma aura de energia às palavras que profere. Também eu desejo ser como ele,* pensava David. *Ambiciono olhar para o mundo com uns olhos puros que me protejam das armadilhas da* Iktumi. *Um homem que veja o mundo desta maneira é um homem que já se conquistou a si próprio, que já está em paz com a sua alma e, em consequência disso, é sempre feliz. Também eu me conquistarei a mim mesmo. Também eu aprenderei o que significa ser feliz para que possa sentir a paz que ele sente.*

O Homem baixou os olhos e suspirou quando acabou de escrever. A vela bruxuleava, e o Homem começou a baloiçar-se, lentamente, para a frente e para trás.

Os minutos transcorriam, dezenas de minutos foram passando, e o Homem continuava a baloiçar-se.

O chá que David bebera estava a fazê-lo sentir-se esquisito, quase tonto. Deu consigo imitando *Tunkasila*, balançando-se ao mesmo ritmo que ele. Não conseguia parar; era como se forças estranhas o obrigassem a fazer aquilo. O chá estava a fazer efeito; começou a perder a noção de si próprio, no entanto não tinha medo. Sabia o que isso significava.

Estava a transformar-se na sombra do Homem, uma sombra da vida e da sabedoria do Homem. Era a maneira índia de alcançar a sapiência, e David sabia o suficiente para não evitar os sentimentos e as sensações que a acompanhavam.

A mimese continuou.

David fechou os olhos exactamente no mesmo instante em que o Homem fechou os seus e escutou os sons tranquilos da natureza. Um lobo uivando à distância, uma folha farfalhando com o vento, uma águia batendo as asas: eram estes os sons que chegavam aos seus ouvidos. Nos seus pensamentos, David tornou-se no lobo, tornou-se na folha e tornou-se na águia. Flutuava, livre do seu corpo, e unia-se à natureza. Podia sentir a paz e a tranquilidade do círculo da criação no qual tudo está interligado. David nunca antes se sentira assim; tinha conhecimento desta realidade, mas nunca antes fizera parte dela. Pela primeira vez, encontrava-se envolvido por toda a verdade e beleza da natureza.

O Homem começou, suavemente, a entoar um cântico. David não conseguia perceber as palavras; já não era um ser humano. Estava para além dos limites da existência humana. Era todas as coisas de uma só vez. À medida que a canção se prolongava, David escutava-a. Parecia estranha: simultaneamente melodiosa e pacificadora. O rapaz deu por si mergulhado no poder hipnótico que ela transmitia.

Entoando o cântico.

Entoando o cântico.

E David desaparecera. Já não era o lobo; já não era a folha; já não era a águia. Era algo poderoso e desconhecido. Sentia-se vazio e, contudo, não sentia medo. Era um profundo vazio que precisava de ser preenchido.

Então viu uma luz: um minúsculo ponto de luz brilhando à distância. Uma luz muito cintilante. A luz começou a aumentar de tamanho e aproximava-se cada vez mais. Iluminou a escuridão e, em breve, tudo brilhava. A luz envolvia-o.

Entoando o cântico.

Entoando o cântico.

David permitiu-se transformar-se na luz. Saciou-lhe uma sede que ele jamais soubera que tinha. A luz encheu-o de paz, de tranquilidade e de sabedoria. Ao princípio, as informações vinham em catadupa. David teve dificuldade em descortinar a verdade. Alguns momentos depois, as informações começaram a tomar forma. À medida que isto acontecia, o jovem tornava-se cada vez mais brilhante. A luz era David, e David era a luz. Sabia que tinha aprendido o verdadeiro significado da felicidade. Nunca antes tinha sido tão claro para ele. Apercebeu-se dela no mais fundo do seu coração e da sua alma.

David abriu os olhos e olhou para si próprio. David transformara-se no Homem; tinha completado o círculo. Era ele o professor, ele era *Tunkasila*, vivia no âmago de tudo o que existe.

Entoando o cântico.
Entoando o cântico.

David fechou os olhos e voltou a ser ele próprio. No entanto, conservou alguns dos conhecimentos do Homem. E uns fragmentos da luz. Descobrira o significado da segunda figura. O cântico acabou.

David olhou para o pergaminho. A segunda imagem era a de um homem olhando em direcção ao sol ao mesmo tempo que o desenhava na areia. Significava entendimento. *Um homem tem de saber o que procura antes de o encontrar.* E isso tem de estar muito claro, pois de contrário a viagem terá como fim o início. Não se ficará a saber mais do que quando se partiu.

David tomou consciência de que a felicidade é um mundo próprio, um mundo que pode ser encontrado em cada um de nós. É uma emoção que vem do coração, uma emoção que não pode ser explicada através de meras palavras ou frases. E, porque esta emoção é interior, não existe nada vindo do exterior que possa tornar uma pessoa feliz. Os pretensos tratamentos exteriores para a felicidade têm exactamente as mesmas intenções que os truques da *Iktumi.* Este era, naturalmente, o significado da luz que David havia visto: quando a luz era apenas externa, sentiu-se vazio, e, quando a luz veio de dentro dele, sentiu-se em paz. A felicidade era, pois, um estado de espírito, um estado que cada pessoa pode, em absoluto, controlar, quer as coisas corram bem ou não. E, contrariamente ao que ele antes pensava, o mundo da felicidade está aberto a todos quantos a desejem e pode constituir parte integrante da vida de cada um.

A verdade era simples e bela. David pensou longamente sobre o seu significado. O Homem perguntou-lhe:

— Descobriste o significado do segundo desenho?

David demorou algum tempo a responder.

— Acho que sim. Reveste aspectos muito diversificados, mas estão todos relacionados. Quanto mais reflicto no seu significado, mais penso que algo me deixou, como a pele velha que se solta de uma cobra. Porém, a nova pele é ainda mais bela e permite-me crescer em conhecimentos bem como em valor.

David teve alguma dificuldade em acreditar que era ele quem estava a falar. Nunca antes se tinha exprimido desta forma. Era como se alguma coisa, ou alguém, o fizesse por ele. Estava a falar como o Homem falaria. Estava a falar como falaria o seu *ate*. Estava a falar como um professor.

Ou seria o professor a falar como um rapaz?

— Diz-me — pediu-lhe o Homem —, o que é que a felicidade significa?

— A felicidade é uma emoção que me faz sentir bem comigo próprio. Para ser feliz, não preciso de nenhum dos truques da *Iktumi*. Não preciso de uma luz à distância. Preciso, tão somente, do desejo e do saber como ser feliz. Com o desejo e o saber surge uma luz interior, uma luz de felicidade, uma luz que me confere força, paz e amor. E eu acredito e aprendo a ser feliz, posso ser feliz para sempre porque apenas eu posso controlar a felicidade.

O Homem anuiu.

— Conseguiste desmontar a felicidade e dividi-la nos seus diferentes aspectos. Vamos tomar nota de cada um deles para que nunca mais os esqueças.

O Homem começou a escrever outra vez sobre o novo pergaminho.

O significado da felicidade

A felicidade é uma emoção que te faz sentir de determinada maneira.

A felicidade é uma emoção como qualquer outra emoção. À semelhança de todas as emoções, é um sentimento muito pessoal; as pessoas podem sentir-se diferentes quando são felizes. É importante reconhecer o modo como te sentes e perceber quando és feliz.

A felicidade é um sentimento que vem de dentro de cada um de nós
e é algo que cabe a cada um controlar.

O sentimento de felicidade vem de dentro de nós. Não vem de qualquer outro lugar porque se trata de uma emoção, um sentimento interior. Quer dizer, de cada vez que nos sentimos felizes, só nós somos os responsáveis. A ninguém se pode atribuir o mérito de nos fazer felizes; é um sentimento determinado exclusivamente por nós.

A felicidade não está dependente de acontecimentos externos.

A felicidade não depende daquilo que nos acontece ou não acontece. Foi o que aprendeste logo que rejeitaste as oito mentiras da *Iktumi*. Se aceitares esta afirmação e acreditares que podes ser feliz, aconteça o que acontecer, verificarás que todos os aspectos da tua vida melhorarão.

É preciso aprenderes a ser feliz.

Tens de aprender a ser feliz. Tens de dar passos efectivos para convenceres a tua mente de que és feliz. Uma vez que o faças, podes controlar esta emoção para tornar a tua vida melhor. Se aprenderes a ser feliz, serás capaz de ser feliz sempre que queiras.

Tens de desejar a felicidade.

Tens de possuir um grande desejo de felicidade para seres feliz. Sem esse desejo de felicidade, a tua mente não te deixará ser feliz. Mas, uma vez possuído esse desejo, nada impedirá que crie raízes na tua vida.

A felicidade pode ser um sentimento permanente na tua vida.

Se acreditares nos outros aspectos da felicidade, perceberás que podes ser sempre feliz. Não apenas de vez em quando, não apenas quando as coisas correm bem, mas sempre. Sentir-te-ás feliz para o resto da tua vida.

~

A LIÇÃO DO FOGO

O significado do terceiro desenho

A felicidade devia ser o nosso objectivo pessoal. Devia ser prioritário em relação a todos os outros objectivos da nossa vida. Se formos felizes, a nossa vida melhora em todos os aspectos. É a forma mais poderosa do pensamento positivo. Com ele, todas as nossas metas podem ser alcançadas.

~

O Homem demorou muito tempo a escrever os significados da felicidade. Enquanto David reflectia sobre o que acabara de ser escrito, percebeu que era verdade. Fê-lo sentir-se bem perceber que o sentimento de felicidade dependia apenas de si próprio. Qual, então, o significado do terceiro desenho?

David observou de novo o pergaminho pintado. Era o desenho de um homem que utilizava uma fogueira para aquecer as mãos e cozinhar os alimentos.

O Homem disse:

— Diz-me o que vês na terceira imagem.

— Vejo um homem a usar uma fogueira.

— Diz-me, de que modo é que ela se relaciona com o teu desejo de aprenderes a ser feliz?

David fechou os olhos e a resposta ocorreu-lhe. Não foi logo de seguida; em boa verdade, David demorou muito tempo a entendê-la. As respostas chegavam até ele sob a forma de sussurros do vento, de pequenas explosões de energia natural que fluíam na sua direcção, o controlavam e o conduziam à verdade. Sabia que era a irmã outra vez. Mesmo na morte ela não o abandonava. Ela fazia parte da natureza e estava a utilizar a natureza para comunicar com ele. David abriu os olhos quando ela se foi embora; não fazia ideia de que estivera assim mais de uma hora.

— Suponho que este desenho apresenta o significado da felicidade na minha vida. Resumindo, revela-me o motivo por que devo ser feliz.

O Homem assentiu. Estava impressionado com a rapidez com que o jovem índio aprendia. Depois perguntou:

— De que modo é que a felicidade está representada neste desenho?

— Pelo fogo. O homem está a usá-lo para inúmeras coisas.

— Coisas boas ou coisas más?

— Coisas boas. Está a usá-lo para cozinhar e para se aquecer.

— Essas coisas são necessárias à vida?

— Bom, uma pessoa não pode viver sem comer ou se fizer muito frio. Pode, no entanto, viver sem o fogo. Comeria a carne crua e teria de usar peles muito quentes para se manter agasalhado.

— E isso é bom ou mau?

— Ele terá uma vida muito mais difícil se não tiver o fogo, portanto considero que seja mau.

— Por favor, diz-me como o relacionas com a felicidade.

— *Bem, não é preciso ser feliz para viver, mas a felicidade melhora todos os aspectos da nossa vida.* Com ela podemos fazer muitas coisas; exactamente como podemos usar o fogo para fazer muitas coisas. *A felicidade é o melhor caminho para termos o tipo de vida que desejamos.*

— Muito bem. De que outra maneira é que o fogo pode estar ligado à felicidade?

— *Bom, temos de alimentar o fogo para que ele se mantenha ateado.* De outro modo, apagar-se-á. *Da mesma forma, não conseguimos ser sempre felizes a menos que tenhamos aprendido a ser felizes e continuemos a tentar convencermo-nos disso.*

— Tens de tentar convencer-te disso em cada minuto da tua vida para seres sempre feliz?

— Não. *Da mesma maneira que não temos de estar sempre a alimentar o fogo, também não temos de estar sempre a tentar convencermo-nos que somos felizes.* Somente quando o fogo se está a extinguir é que é preciso deitar-lhe algumas achas. O mesmo se pode dizer da felicidade.

— Certo. Responde-me, então: o fogo arde melhor apenas quando tu lhe lanças as achas porque se está a apagar ou quando o ateias mesmo quando está a arder bem?

— *Arderá melhor se o atearmos mesmo quando está a arder bem.*

— Será que algo de fora pode apagar o fogo?

— Não se a pessoa que possui o fogo insistir em o manter aceso. Pode proteger as chamas se chover; pode protegê-las se estiver vento. Na realidade, o fogo era profundamente desejado pelos nossos antepassados. Houve uma época em que o mantiveram vivo durante anos seguidos. Nada devia apagar as chamas. Era responsabilidade da tribo conservá-lo aceso em todas as estações, ao longo do Inverno e do Verão.

— Andas muito perto. Só há mais uma coisa que precisas de compreender. Diz-me, de que outra forma podes relacionar o fogo com a felicidade?

Passou algum tempo antes de David responder. Continuou:

— *O fogo ou está lá ou não está. Não podemos quase ter o fogo:* ou se possui a chama ou não. O mesmo se pode dizer da felicidade. *Ou se é feliz ou não.* Não se pode ser feliz pela metade, é impossível.

O Homem ergueu o olhar por uns instantes e sorriu.

— Estou muito satisfeito com o que aprendeste até agora. Estás a tornar-te muito sensato.

Jamais haviam dito semelhante coisa de David. Estava a tornar-se como o seu *ate*: um homem que lhe inspirava uma grande admiração. Disse humildemente:

— Sinto que ainda tenho um longo caminho pela frente.

— Esse caminho é, na realidade, muito curto. Agora que compreendes o que a figura significa, o nosso próximo passo é perceber a função do fogo e por que razão ele é importante na nossa vida.

— Ou por que é que a felicidade é importante na vida das pessoas?

O Homem acenou em assentimento, depois fechou os olhos antes de continuar.

— A felicidade é um sentimento maravilhoso. Não há nada no mundo que nos faça sentir tão bem com a nossa vida. *Todavia, tal como a luz e as trevas, também a felicidade tem o reverso da medalha.* Recebe diversos nomes nos diferentes idiomas. Tenho a certeza de que já ouviste falar disso antes. Na nossa língua chama-se *cantesica*. Os *Wasicu* podem chamar-lhe desespero. É um sentimento de pesar pelo que somos e pelo que fazemos. Arruinará a nossa vida. É uma das forças mais destruidoras da natureza, uma força tão poderosa que já matou milhares de pessoas. O *cantesica* conduz-nos à morte.

David arrepiou-se. De repente, sentiu frio. Nunca vira uma pessoa tão amedrontada por uma tal emoção. Inclinou-se para a frente e escutou atentamente o Homem.

— O *cantesica* destruir-nos-á porque nos engana como a *Iktumi*. É a imagem da felicidade num espelho, um oposto exacto que leva à destruição. À semelhança da felicidade, também se aprende, vem de dentro de nós e é algo que só nós controlamos. Pode transformar-se numa forma permanente de vida se o desejarmos. E assim sendo, é muito perigoso. Leva-nos a acreditar que não temos nada por que viver. Transporta consigo sentimentos de solidão, raiva, ódio e ressentimento. Também se torna muito perigoso porque atira as culpas dos nossos problemas para outrem e impede-nos de sermos felizes outra vez, pois a verdade esconde-se de nós. O desespero é como uma droga nociva e que cria habituação: acompanha--nos a vida inteira, controla o que fazemos e, finalmente, acaba por dar cabo de nós.

David nunca tinha pensado nisto sob esta perspectiva. O *cantesica* pode entrar na vida de uma pessoa de diferentes maneiras. Ele jamais permitiria que isso lhe voltasse a acontecer. Quando o Homem terminou, David pensou na irmã. Subitamente percebeu por que é que ela o tinha vindo visitar! Era esta a verdade que ela queria que ele descobrisse. Ele sentira o desespero; e ela, que estava acima deste mundo, sabia que o desespero lhe viria a destruir a vida com o tempo. Era por isso que estava a ajudá-lo a descobrir as respostas. David sorriu interiormente e constatou:

— A minha irmã quer que eu seja feliz.

O Homem assentiu.

— Ela é a tua protectora. Deseja a felicidade para ti porque só ela te salvará em alturas de apuros. A felicidade far-te-á sentires-te bem contigo e com os outros. Acabarás por descobrir que os teus sentimentos de felicidade hão-de transcender a tua vida e tudo o que fizeres.

David escutava enquanto o Homem descrevia os motivos da importância da felicidade.

— A felicidade reduzirá o *stress* da tua vida porque te podes adaptar, de forma positiva, a quaisquer problemas que te surjam. O que, por sua vez, te tornará fisicamente mais saudável.

O Homem fez uma pausa e levantou os olhos com um sorriso no rosto. Era evidente para David que estava a olhar para o rosto de um Homem que honrava *Wakantanka* com a felicidade e o amor pela vida.

Em seguida o Homem continuou:

— Sabes, a felicidade permite que mudes a tua vida para melhor. Se fores feliz, reagirás às coisas desagradáveis que te aparecem na vida de modo diferente. A felicidade faz-nos actuar positivamente, no sentido de melhorarmos qualquer situação. A felicidade também gera entusiamo, o que fornece uma energia adicional a tudo quanto fizermos. Se combinarmos este entusiasmo com o desejo, a fé e a persistência, obteremos uma maneira de alcançar os nossos objectivos pessoais, sejam eles quais forem. Em resumo, se formos felizes, *tudo melhora na nossa vida.* A felicidade é, simultaneamente, o princípio e o fim de todas as metas a que nos propomos na vida. E mais importante ainda, *é o sentimento mais maravilhoso do mundo.*

Fez uma pausa.

— Deixa-me reproduzir-te um excerto que li uma vez e que relata a importância da felicidade na vida das pessoas:

Em cada manhã te são entregues vinte e quatro horas de ouro. São uma das poucas coisas neste mundo que estão livres de impostos. Se tivesses todo o dinheiro do mundo, não poderias comprar nem mais uma hora. Que farás com tão valioso tesouro? Lembra--te, tens de o usar, pois só te é oferecido uma vez. Se o desperdiçares, não o poderás recuperar.

O Homem prosseguiu:

— A importância de uma vida feliz não pode ser exagerada. Pensa em cada dia como algo valioso. Se pegares numa série desses dias e os combinares, transformam-se num ano. Adiciona os anos uns aos outros, transformam-se no tempo de uma vida inteira; uma vida de amor, de felicidade, de honra, de esperanças e de sonhos. Se fores feliz em cada dia, quando chegar o momento de deixares este mundo, terás levado uma vida feliz. É tudo quanto qualquer pessoa poderia desejar.

O Homem pegou no pergaminho novo e começou a fazer uma lista dos motivos pelos quais sentirmos pena de nós mesmos é mau e sentirmo-nos felizes é bom.

Razões por que não devemos sentir desespero

Sentir desespero ou sentirmo-nos infelizes:

faz-nos sentir raiva, solidão e ressentimento;

*não resolve os nossos problemas; na realidade, impede-nos
de os resolvermos;*

cria, frequentemente, novos problemas;

limita a amizade com outras pessoas;

não acarreta quaisquer benefícios;

acabará, eventualmente, por destruir a nossa vida.

~

E, acima de tudo, não temos de sentir desespero!
Tal como a felicidade, só depende de nós!

~

Razões por que é importante sermos felizes

Quando somos felizes:

sentimo-nos bem. Sentimos alegria, paz, ânimo e satisfação;

gostamos do que somos e do que fazemos;

as pessoas gostam de estar connosco;

temos uma auto-estima mais elevada;

a nossa vida física melhora;

podemos resolver mais facilmente quaisquer problemas
que possam surgir;

temos mais energia;

verifica-se uma melhoria em todos os aspectos da nossa vida;

estaremos a honrar Wakantanka *com a dádiva mais preciosa*
com que nos agracia.

~

Temos a melhor vida que é possível imaginar: uma vida
feliz!

~

A LIÇÃO DE UM HOMEM SENTADO
SOB A COPA DE UMA ÁRVORE

O significado do quarto desenho

A felicidade é algo que cada um de nós pode aprender a controlar. O segredo está em saber como. Depois de descobrirmos o significado do quarto desenho, ficaremos de posse do maior segredo do mundo: como ser feliz em cada dia da nossa vida.

~

Porque já era tarde, os dois decidiram descansar. David tinha aprendido mais do que jamais supusera e estava exausto. O Homem indicou-lhe o quarto, e o jovem adormeceu quase de imediato. Nessa noite teve um sonho:

Encontrava-se num grande deserto. Areias brancas, branqueadas há muito pelos raios ardentes do sol, estendendo-se até onde a vista podia alcançar. Era em direcção ao horizonte que David precisava de ir, mas sabia que não ia conseguir. Tinha a língua inchada e ressequida, empapada de pó, rebentada e sangrando. Os braços estavam inchados pelas queimaduras causadas pelo sol, os olhos doíam-lhe devido à luminosidade do deserto e as pernas vacilavam sob o seu peso. Sentia-se ressequido por dentro e por fora. O corpo dizia-lhe que parasse, que descansasse, que esperasse pelo anoitecer para continuar a viagem. Mas, em consciência, sabia que não existiria um anoitecer.

Estava no Deserto da Solidão, um lugar onde o cair da noite nunca chega.

Era um local de desespero e de tristeza. O sol nunca deixava de brilhar, os ventos nunca sopravam a favor, as areias nunca endureciam e o horizonte jamais era alcançado. Era uma vida de inferno, uma vida em que a dor se tornava companhia habitual e em que a esperança no futuro não existia. David sabia que não podia lutar contra o deserto, tal como não podia lutar contra qualquer outro aspecto da Mãe Terra. No final, tragá-lo-ia como havia tragado outros antes dele. Em breve morreria, sabia disso, e tinha medo embora esse medo não se devesse à aproximação da morte.

David estava assustado por não se preocupar, de forma nenhuma, se morria ou vivia. A vida tinha tanto significado quanto a morte; não tinha quaisquer sentimentos de esperança para o futuro. Por que motivo não se importava de morrer? Por que motivo já não ansiava viver? David sabia que estes pensamentos eram aquilo que o estava a destruir, porém não conseguia evitá-los. Era por isso que estava com medo. Já não tinha controlo sobre si; tinha desistido da vida, sucumbindo aos sentimentos de piedade por si próprio.

Os joelhos de David dobraram-se, e ele caiu por terra. Sabia que não se levantaria. Já não havia mais nada que o fizesse continuar. Tinha esgotado todas as suas forças e estava pronto para morrer ali mesmo.

À medida que o sol o ia esmagando, o Homem das Montanhas apareceu. Vigiava David de perto, com o seu cabelo branco esvoaçando no ar, e David sentiu, de imediato, que o Homem tinha vindo para o ajudar. Todavia, enquanto David o olhava, os seus sentimentos começaram a alterar-se. Os braços do Homem pendiam frouxamente ao longo do corpo como se estivesse muito cansado, os seus ombros já não pareciam tão largos como tinham sido no passado e o seu rosto estava curtido pelo tempo e pela idade. Já nada de extraordinário se manifestava no Homem; não passava de um índio velho ali no meio do deserto. Mas porquê? O que é que lhe tinha acontecido?

A resposta chegou alguns momentos depois. David compreendeu que havia tristeza nos olhos do Homem; a tristeza estava a matá-lo. A tristeza estava a esgotá-lo, transformando-o num velho fraco e, com toda a certeza, iria matá-lo dentro de poucas horas. Este pensamento fez com que David se sentisse ainda pior. Nem mesmo o Homem podia ser feliz neste deserto. David tossiu e cuspiu alguma areia que se tinha alojado na garganta. Depois perguntou num tom abrupto:

— Por que veio?

— Vim porque precisava de vir — respondeu o Homem.

— Está aqui para me ajudar?

O Homem assentiu. Não lhe estendeu a mão. David tossiu de novo. Desta vez a tosse feriu o mais fundo da sua garganta ressequida.

— Traz água consigo? Preciso de água. É a única coisa que me pode ajudar neste momento.

O Homem olhou, confuso, à sua volta. Suspirou e após breves instantes comentou:

— Há água por todo o lado. Não a consegues ver?

— Não existe água nenhuma! — David respirava com dificuldade.

— Se não a consegues ver, então nunca a encontrarás — afirmou o Homem abanando a cabeça.

Durante mais alguns segundos ainda se manteve perto de David, depois voltou-se e começou a afastar-se. David não conseguiu proferir uma única palavra devido à sua garganta tão seca. Tudo quanto podia fazer era erguer a cabeça e observar o Homem que ia desaparecendo no ar escaldante do deserto.

David fechou os olhos. Tinha sentido a presença do Homem ao seu lado e agora encontrava-se sozinho. Não tinha sido ajudado. No entanto, a presença do Homem levou-o a reflectir na sua vida e no que ela significava. Haveria algo com sentido na sua vida?

Decerto. Havia uma coisa.

Os seus pensamentos voltaram-se para o seu cão. David tinha apenas três anos quando Korak chegara a sua casa. Tinham *crescido juntos. Ao longo de muitos anos, Korak havia tomado conta dele. Conduzira-o com segurança em situações de perigo, ajudava David a encontrar o caminho de regresso a casa quando se perdia. Agora Korak estava a ficar velho. Sofria de artrite nas patas traseiras, e por vezes David tinha tido de o ajudar a subir as escadas. O seu cão precisava dele; David tinha de o proteger. Era uma coisa que só ele podia fazer, pois o cão pertencia-lhe a ele, e apenas a ele. Por um breve momento David sorriu. Daria tudo para voltar a vê-lo mais uma vez.*

De repente, e sem qualquer aviso prévio, começou a chover.

~

David acordou no preciso momento em que o Sol nascia. Não se apercebeu logo onde se encontrava e parecia confuso enquanto se espreguiçava. Quando se levantou e olhou através da janela, viu o Homem a trabalhar no jardim. David sorriu. Havia algo naquele Homem que o tornava particularmente especial. Pensou no que iria aprender nesse dia.

O Homem estava de pé e estendia as mãos em direcção ao Sol. Percebeu que David tinha acordado e dirigiu-se a casa. David apareceu justamente quando o Homem se aproximava da porta.

— Anda — disse-lhe o Homem sorrindo. — Hoje vamos aprender com a Mãe Terra.

Durante um bom bocado, caminharam os dois em silêncio. De vez em quando, os pensamentos de David viravam-se para a irmã, no entanto ele já não sentia desespero. Sentia imensas saudades dela e amava-a de todo o coração, mas sabia que ela estava com ele, ensinando-o e conduzindo-o à felicidade.

E, acima de tudo, ela *estava* a ajudá-lo a sentir-se melhor! Pela primeira vez desde há muito tempo, sentia que ia ganhando o controlo da sua vida. Ela tinha-o ajudado a aprender os ensinamentos das três primeiras imagens do pergaminho e não tinha dúvidas de que ia aprender as lições que as outras encerravam. O seu pai estava com a razão; o pergaminho pintado podia, na realidade, ensinar-lhe tudo quanto precisava de saber sobre a felicidade. Estava grato por ela o acompanhar e guiar para a verdade.

Contudo, mais do que isso, David sentia-se melhor por outro motivo. Sabia que se encontrava em companhia de uma pessoa que iria mudar a sua vida para sempre, embora não soubesse bem como. A noite anterior tinha sido apenas um exemplo, o primeiro de muitos outros, David estava certo disso. O Homem tinha entrado no seu sonho e tinha-o salvo. Mas porquê? Seria que David só ali se sentia melhor, e que esse sentimento não permaneceria com ele quando se fosse embora? Ou seria que o Homem se havia transformado no seu Anjo da Guarda? Ou pior, seria que *Wakantanka* acreditava que ele não ia ser capaz de ultrapassar o seu desespero? David não tinha a certeza, mas tomou uma decisão sobre como lidar com estes pensamentos. Ficaria ali, com o Homem, até já não haver mais nada para aprender. Aprenderia como conduzir a sua vida, como pensar, como agir, como ajudar: como fazer tudo o que o tornasse mais parecido com o Homem. Aprenderia com a natureza e aprenderia observando o Homem a caminhar e ouvindo-o falar. Aprenderia do mesmo modo que o seu pai tinha sido ensinado. Escutaria no vento a alma dos seus antepassados; aprenderia com o sol, com os rios, com as estações do ano e com todas as criaturas da natureza. E, em qualquer momento deste percurso, David sabia que aprenderia a ser feliz.

O Homem abrandou a marcha e parou alguns passos adiante. Curvou-se e apanhou uma bolota. David observava-o enquanto o Homem a virava nas mãos. A sua expressão revelava uma grande admiração. Mas porquê? Havia milhares de bolotas espalhadas pelo chão. Por que razão escolhera esta?

O Homem entregou a bolota a David.

— O que é isto? — perguntou ele.

David olhava-a enquanto o Homem lha colocava na mão. Compreendia que o Homem sabia que se tratava de uma bolota. Mesmo assim, David também sabia que chamar-lhe bolota não era a resposta que o Homem queria. Ele queria mais.

— Não sei.

O Homem sorriu.

— É uma bolota. É o fruto de um carvalho, o fruto a partir do qual cresce o vigoroso carvalho.

David olhou para a mão.

— Eu sei o que isto é, mas não sei o que significa nem porque me perguntou. Vim ter consigo e sei que muitas vezes pretende uma resposta que não sou capaz de dar. Sei que hoje vim para aprender *com* a Mãe Terra; não vim aprender coisas *sobre* a Mãe Terra.

David ficou tonto por uns instantes. As palavras que acabara de proferir não eram suas; a irmã é que devia ter posto estas ideias na sua cabeça.

O Homem sorriu.

— Tens razão. Vais aprender *com* Ela e não *sobre* Ela. Hoje vais aprender o segredo da felicidade. A Mãe Terra revelou-te o segredo milhares de vezes, mas hoje vais ouvi-La. Ela mostrar-te-á como acordar todos os dias com um sorriso nos lábios e a rir dos problemas que se te depararem. Vais ficar como o teu pai e, em devido tempo, ensinarás ao teu filho tudo quanto aprendeste.

David voltou a olhar para a bolota. Nunca se apercebera que podia aprender estas coisas com ela, mas mais uma vez, duvidou que o seu pai tivesse aprendido o que sabia a partir da natureza.

O Homem esticou o braço e retirou a bolota da mão do rapaz.

— Agora — repetiu —, o que é que és capaz de aprender com a bolota?

— O maior segredo do mundo? — inquiriu David.

— Sim — retorquiu o Homem sorrindo e segurando-a para que David a observasse. — Esta bolota é a semente do carvalho. Neste momento é frágil e pequena, até mesmo os esquilos são capazes de a destruir. No entanto, se deixarem a bolota incólume, ela crescerá com o tempo e tornar-se-á forte e vigorosa. A bolota é o carvalho do futuro, é o primeiro passo do longo processo de crescimento da árvore.

— De que modo é que isso está relacionado com a minha vida e a minha felicidade?

— Tira o pergaminho do bolso e observa a quarta figura.

David assim fez. Viu um homem sentado sob um carvalho. Havia uma grande quantidade de bolotas a seu lado, e esse homem do desenho parecia estar em meditação.

— A árvore que vês na figura mostra-te o segredo da felicidade, e o homem ensina-te a utilizares esse segredo para seres feliz.

David observou o desenho. Não compreendia como poderia aprender estas coisas apenas olhando para aquela imagem. O Homem continuou:

— Para entender a importância da imagem, tens de aprender com a natureza. Olha à tua volta. Olha para o céu, para os animais selvagens e para as criaturas da Mãe Terra. Pensa no que vês e responde a ti próprio às seguintes perguntas. Sentes que há algum mistério no que te rodeia? Interrogas-te sobre o mundo e sobre o que *Wakantanka* criou? E, mais importante ainda, achas que *Wakantanka* criou o mundo sem regras e sem critério?

David olhou à sua volta. O que via parecia-lhe um mundo misterioso e muito bem planeado. O céu alimentava a terra com a chuva, os ventos alimentavam a terra transportando as sementes. As criaturas vivas usavam a terra para comerem e se abrigarem. Não havia aqui qualquer casualidade. O mundo fora, de facto, criado com método e organização. Não conseguia pensar em nada que pudesse ser roubado à terra sem haver uma consequência.

— Agora pensa nas estações do ano — continuou o Homem —, és capaz de lhes alterar a sequência ou a Primavera vem sempre a seguir ao Inverno? O Outono vem a seguir ao Verão ou consegues mudar a ordem estabelecida pela Mãe Terra?

— Não — confirmou David enquanto acenava com a cabeça. Ainda não era capaz de entender até onde o Homem queria chegar.

— Então, responde a isto: a idade dos animais conta-se da velhice para a infância? O carvalho vai-se tornando mais pequeno à medida que os anos passam? A chuva cai antes de aparecerem as nuvens?

— Não, claro que não — respondeu David perguntando-se o que aquilo significaria.

— Agora pensa na bolota tendo em conta estas perguntas e as suas respostas: como é que a bolota se transforma em árvore? A bolota tem de cair da árvore e, uma vez no solo, procura o seu próprio caminho. Tem de ser regada e não pode ser danificada até que germine. Se assim acontecer, a árvore crescerá. Ao longo dos anos, as bolotas continuarão a cair e mais árvores nascerão. Passados cem anos, a árvore envelhecerá e morrerá. Do mesmo modo que existem ciclos na natureza — as estações do ano, por exemplo — também as árvores têm uma sequência que não pode ser alterada. Não há qualquer hipótese de uma árvore rejuvenescer com a idade porque não é esse o seu ciclo. Não há qualquer possibilidade de esta bolota gerar outras bolotas porque não corresponde ao ciclo natural da árvore. Não existe qualquer hipótese de a árvore morrer primeiro e crescer depois porque não é esse o processo natural de desenvolvimento da árvore.

— O que é que isso interessa para mim?

— A árvore da figura representa o ciclo da tua vida. Tal como a árvore, nós nascemos. Primeiro somos pequenos, mas se formos tratados como deve ser, transformamo-nos em homens. Chegados à idade adulta, podemos procriar. Cem anos depois morremos. É este o ciclo da nossa vida. Não podemos alterar esta ordem porque faz parte da ordem natural da Mãe Terra. Percebeste o que eu te disse?

— Sim, acho que sim, mas ainda não entendo de que forma isso me pode fazer feliz.

O Homem sorriu.

— À semelhança da bolota e de ti, *a felicidade também tem os seus ciclos*. Como já aprendeste, a felicidade vem de dentro de nós, não de algo que aconteça externamente. Isto significa que sempre que te sentires feliz é porque completaste um ciclo de tarefas que te deixou feliz. Esta sequência não pode ser quebrada nem alterada porque é assim que é a Mãe Terra.

O Homem fez uma pausa e pôs a mão no ombro de David.

— *Serás feliz quando usares a sequência da felicidade.* Uma vez que tenhas descoberto essa ordem, podes utilizá-la sempre que queiras ser feliz. Se desejares ser feliz o tempo todo, então terás de usar a sequência todos os dias. É por este motivo que o teu pai é sempre feliz: ele acompanha o ciclo da felicidade.

— E por que é que isso resulta?

O Homem encolheu os ombros enquanto respondia:

— Por que é que as árvores crescem a um determinado ritmo? Por que é que *tu* te desenvolves de acordo com um certo processo? *É a ordem estabelecida pela Mãe Terra.* Ela projectou o mundo com ordem, e tu fazes parte do Seu plano. Existe ordem na tua vida; há sequências em tudo o que fazes. Sabes que se tiveres fome, está na altura de comeres. Se não te alimentares, ficas com fome. Isso estaria fora da ordem natural.

David olhou outra vez para o pergaminho pintado. Pensou nos ciclos da sua vida. Pensou que quando ficava cansado, ia para a cama. Poderia ele alterar esta situação? Não, sabia que não. Depois pensou no esforço físico. Poderia ficar cansado antes de fazer exercício físico? Mais uma vez, a resposta foi negativa. David embrenhou-se em pensamentos, durante bastante tempo, sobre tudo quanto fizera ao longo do dia. Todas as coisas tinham a sua própria ordem. Era como o que o Homem havia dito acerca da ordem do mundo, exactamente como a Primavera vem sempre a seguir ao Inverno e o Outono a seguir ao Verão, há sempre uma determinada sequência de acontecimentos que nunca muda.

A felicidade, porém, tinha também uma ordem? Sim, lá no fundo sabia que sim. Sabia que o Homem lhe falaria dessa sequência e ficou satisfeito por ter descoberto o segredo de seu pai. Estava ansioso por a usar na sua própria vida.

David olhou de novo para o pergaminho e fixou o homem sentado sob a árvore. Aprender o segredo de como ser feliz fora a razão que o levara a ir ter com o Homem. Sem dúvida, esta seria a lição mais importante de todas.

O Homem encaminhou-se para uma árvore próxima e sentou-se sob a sua copa. David seguiu-o e sentou-se à sua frente.

— Pode dizer-me qual é o segredo do homem do desenho? — perguntou David.

O Homem assentiu.

— Claro. Foi por isso que vieste ter comigo.

O Homem sorriu e fechou os olhos durante uns instantes. Depois começou a falar:

— A felicidade vem de dentro de ti, David. A tua mente, e apenas ela, é a única coisa que te pode fazer feliz. Isto quer dizer que podes aprender a usar a tua inteligência para te fazer feliz, mesmo quando as coisas correm mal. Para atingires este objectivo, basta usares simplesmente uma sequência de pensamentos e de acções. É muito fácil e asseguro-te de que resulta. *Acredita nesta imagem e ficarás a saber como ser feliz.*

— Prometo que o farei. Já vi como isso ajuda o meu pai e já verifiquei como o ajuda a si.

— Óptimo. Estás pronto para aprender o maior segredo do mundo.

O Homem fez uma pequena pausa.

— David, o homem da figura está em meditação. Encontra--se sentado no seio da Mãe Terra porque é aí que ele se sente mais confortável. Tem as mãos apoiadas no solo, absorvendo a energia da Mãe Terra. Tu, no entanto, podes fazer esta medi-tação onde te sentires confortável. Tens de a realizar três vezes por dia, todos os dias da tua vida. Estás disposto a isso?

— Sem dúvida — respondeu David enquanto acenava com a cabeça —, faria qualquer coisa para ser feliz o tempo todo.

— Então vamos lá discutir sobre o que o homem do desenho está a fazer. Primeiro, está a pensar em algo que o faz feliz. Segundo, está a pensar para consigo que é feliz.

Parou por uns momentos.

— *Este, meu jovem amigo, é o segredo da felicidade.*

Passou algum tempo antes que David abrisse a boca.

— É tudo? — perguntou finalmente o rapaz. Por qualquer razão, esperara que o segredo envolvesse uma maior dificuldade.

— Sim, é tudo quanto tens de fazer. Estás a tentar perceber por que motivo resulta, não estás?

— É verdade — confirmou ele após um instante.

— É muito simples. Primeiro lembra-te dos ciclos. Tal como o Verão se segue à Primavera, também tu serás feliz se fizeres estas duas coisas enquanto meditares. Não podes alterar a ordem das estações, tal como não podes impedir que esta reflexão traga resultados positivos. Por que motivo funciona? Porque te estás a convencer a ti mesmo de que és feliz.

Fez mais uma pausa e pegou num graveto que estava no chão. Começou a esboçar o desenho da quarta figura no pó da terra enquanto dizia:

— Sabes, sempre que te sentires feliz é porque te convenceste de que te deverias sentir assim. Lembra-te, os sentimentos vêm de dentro de ti. Ao teres pensamentos felizes, estás a obrigar a tua mente a concentrar-se em coisas que te fazem sentir bem. Ao repetires para ti mesmo que és feliz, as palavras tornam-se verdade. As palavras e os pensamentos entram no teu subconsciente, a parte da mente que te leva a agir de formas que não entendes. Ainda que não acredites que a meditação funciona, ela far-te-á feliz na mesma. Está a utilizar o ciclo da felicidade, um ciclo que não poderá ser alterado. O resultado final será alcançado.

— Sobre o que devo pensar durante a meditação?

— Sobre o que quer que seja que te faça feliz. Pensa em brincadeiras com os teus amigos, pensa numa viagem recente, pensa numa pessoa de quem gostes muito. Volta a pensar numa experiência que te tenha feito sentir bem e pensa nela em pormenor. Usa todos os sentidos possíveis enquanto pensares nessa experiência. Visualiza o acontecimento, ouve o acontecimento e sente-o nas tuas entranhas. A tua mente julgará que é real. Depois, repete para ti próprio que és feliz. Diz em voz alta: «Sou feliz.» Depois de fazeres isto, o ciclo ficará completo e tu serás feliz.

E o Homem continuou:

— Eu medito três vezes por dia, todos os dias da minha vida. Penso em coisas agradáveis e digo a mim próprio que sou feliz. Isso tornou-se num hábito na minha vida e, como consequência, sou geralmente feliz. Substituí os maus hábitos por bons hábitos e, em resultado disso, tenho tido uma vida magnífica.

David pensou uns instantes. Poderia ser verdade? Sim, tinha de ser verdade. É o processo da Mãe Terra e de *Wakantanka*.

O Homem continuou:

— Para meditares, deves procurar um lugar confortável onde não sejas incomodado. Depois fecha os olhos e descontrai-te. Conta até dez à medida que respiras fundo. Vai-te descontraindo a cada expiração. Quando chegares aos dez, presta atenção ao que estiveres a sentir. Depois começa a pensar em alguma coisa que te faça feliz. Usa todos os sentidos para a tornares realidade na tua mente. Diz que és feliz. Di-lo em voz alta dez vezes. Depois de fazeres isto, conta de dez até um, abre os olhos e sorri. Serás feliz, sentir-te-ás muito bem. Este sentimento poderá ser de pouca duração mas não te preocupes. Costuma ser assim ao princípio. Quantas mais vezes repetires este exercício, tanto mais fácil se tornará sentires-te feliz o tempo todo.

O Homem pegou no pergaminho novo e começou a escrever o significado da quarta figura.

O segredo da felicidade

Há ciclos em tudo o que fazemos.

Teremos de usar um ciclo para sermos felizes.

O ciclo resulta sempre. Seremos felizes quando o tivermos acabado.

Se tivermos pensamentos felizes, seremos felizes porque convencemos a nossa mente de que nos sentimos bem.

Para sermos felizes, meditemos três vezes por dia. Descontraiamo-nos para que possamos comunicar com o nosso subconsciente.

Quando meditarmos, pensemos em coisas agradáveis e repitamos várias vezes que somos felizes.

O exercício da meditação
(A realizar três vezes por dia)

1. Encontremos um lugar confortável para relaxar.
2. Fechemos os olhos e contemos de um a dez, respirando fundo em cada algarismo.
3. Relaxemos mais à medida que fazemos a contagem.
4. Quando chegarmos aos dez, sintamos a descontracção espalhar-se por todo o corpo.
5. Pensemos em algo que nos faz felizes. Tornemo-lo tão real quanto possível.
6. Digamos em voz alta, dez vezes: «Sou feliz.»
7. Contemos de dez até um e abramos os olhos.
8. Sorriamos.

~

Se fizermos isto, seremos felizes. Se o fizermos todos os dias, descobriremos que somos felizes o tempo todo. A felicidade tornar-se-á num sentimento habitual para nós.

~

A LIÇÃO DOS GRAVETOS

O significado do quinto desenho

A nossa felicidade depende, grandemente, da forma como nos olhamos e como olhamos o mundo à nossa volta. Para sermos felizes, temos de nos considerar, e ao mundo à nossa volta, como coisas muito especiais. Este desenho trata das dez verdades da felicidade. Se desejamos uma vida melhor e aperfeiçoar tudo o que fazemos, devemos dominar estes dez princípios. Verificaremos que nos tornámos pessoas melhores e mais felizes.

~

O primeiro ciclo da Lua

Depois que o Homem acabou de escrever o significado da quarta figura, ambos se levantaram do lugar à sombra da árvore e deram um passeio. David pensou neste desenho durante bastante tempo. À medida que caminhava, pensava na irmã e de como se divertiam os dois juntos. Ainda que não repetisse para si mesmo que era feliz, aqueles pensamentos agradáveis de ambos a brincarem juntos faziam-no sentir-se melhor. Não pôde deixar de sorrir. O mais importante era que David também sabia por que motivo se tinha sentido tão deprimido com a morte da irmã. Do mesmo modo que as sequências podiam ser utilizadas para o fazerem feliz, tinham sido usadas para o tornarem sombrio e triste. David tinha estado a pensar no funeral, ou no momento em que soube que ela tinha morrido, ou nas saudades que teria dela no futuro. Tinha estado a pensar em coisas que o magoavam profundamente. Não podia deixar de sentir-se horrivelmente. A partir daquela altura não pensaria nessas coisas. Quando pensasse na irmã, pensaria apenas nos tempos divertidos que passaram juntos, ou no seu espírito pairando em liberdade. Estes pensamentos ajudá-lo-iam a sentir-se bem.

Enquanto ambos caminhavam, o rapaz também observava as maravilhas da Mãe Terra. Era bela e transmitia paz; e era uma grande professora. Talvez ela o pudesse ajudar com a questão que ele tinha agora em mente, um problema que o incomodava bastante.

O Homem havia dito que ele podia ser feliz se meditasse. Sabia que isso era verdade... mas não haveria algo mais para experimentar o sentimento de felicidade? Decerto, assim julgava David. Para ele, a felicidade não é apenas um sentimento, é uma maneira de olhar o mundo. Sempre que David olhava para o Homem, via paz e contentamento no seu rosto. Havia energia, beleza e suavidade nos movimentos do Homem. O jovem acreditava que embora a meditação ajudasse, a felicidade do Homem residia também no modo de ele encarar o mundo e de viver a sua vida. O Homem tinha prazer em tudo o que fazia e via.

Mas como?

Era esta a pergunta que David precisava que a Mãe Terra lhe respondesse. Desejava a resposta ansiosamente porque queria ser mais parecido com o Homem. Queria ver o mundo da mesma maneira que o Homem o via. E isso era também, assim achava David, um segredo da felicidade.

O Homem não falou enquanto David ia pensando nestas coisas.

Depois de terem caminhado em silêncio demoradamente, o Homem afirmou:

— David, pareces baralhado. Há alguma coisa que eu possa fazer para te ajudar?

— Não tenho a certeza. Aprendi tanto consigo, no entanto sinto que ainda falta qualquer coisa à minha vida.

— O quê?

— Bem, sei que posso ser feliz quando quiser, mas preciso de algo mais na minha vida.

— Queres ver o mundo com um novo olhar?

David confirmou com a cabeça.

— Esse, meu amigo, é o significado do desenho seguinte.

David voltou-se para o Homem.

— A sério?

O Homem assentiu.

— Sim. A felicidade é um fogo que precisa de ser ateado. Podes meditar e sentires-te bem, mas alcançar a felicidade transcende a tua vida e tudo o que fazes, tens de conduzir a tua vida de acordo com certos princípios. Do mesmo modo que afastaste da tua vida as oito mentiras da *Iktumi*, tens de preenchê-la com as dez verdades absolutas. Estas verdades são o segredo de uma vida melhor. Se guiares a tua vida pelas dez verdades e meditares diariamente, serás feliz. Olharás para o mundo de uma forma como nunca antes fizeste. Apreciarás toda a vida, amarás todas as coisas e terás uma energia invisível que te ajudará a resolver todos os problemas.

— Quais são as dez verdades? Como é que as vou aprender?

— As dez verdades são os princípios da vida. São muito fáceis de explicar, mas tens de os aprender com tempo. Tens de os tornar parte integrante da tua vida. *Para os aprenderes, tens de dominar cada um deles, um de cada vez. Não deves seguir para o ponto seguinte sem antes dominares completamente o anterior.* Deste modo, não serão esquecidos.

— Quanto tempo é que isso vai levar?

— Levará o tempo de dez ciclos da Lua... um pouco menos que um ano. Começarás a aprender cada princípio com cada nova fase da Lua. Lerás esse ponto no teu novo pergaminho, três vezes por dia, durante o ciclo; lê-o imediatamente a seguir à meditação. Quando a Lua passar para uma nova fase, começa a exercitar o princípio seguinte. Em menos de um ano terás mudado, por completo, a tua vida. *Terás aprendido o segredo dos tempos; serás senhor de ti próprio.* Tornar-te-ás um professor e serás procurado por outros que queiram aprender contigo.

David pensou neste compromisso. *Os dez ciclos da Lua?* Isso era muito tempo. Seria ele capaz de conseguir? Sentou-se em silêncio por um longo período antes de chegar à resposta. Sim, sabia que iria fazê-lo. Iria dominar os dez princípios pois não podia esperar menos de si. Tinham-lhe dado a chave para uma vida melhor; tinham-lhe dado a chave para a felicidade. Foi por esta razão que tinha ido à região das *Paha Sapa.*

O Homem afirmou:

— Os princípios irão fazer muito por ti. Não só te farão feliz, como também aperfeiçoarão tudo o que fizeres. *Tudo!* Não há nada mais importante na vida do que fazeres o que te pedi.

— Quando começamos?

O Homem sorriu.

— Olha para o quarto desenho do pergaminho.

David observou a imagem de um homem usando uns gravetos para atear uma fogueira. Eram dez gravetos.

— Qual será o primeiro princípio?

— É a verdade mais elementar de todas. Ensina-te o quão maravilhoso tu és. Ajuda-te a conduzires a tua vida com amor e com esperança. Durante o primeiro ciclo da Lua, quero que vivas a tua vida, cada um dos dias, com a certeza de que és o ser mais especial jamais criado.

O Homem clareou a garganta.

— Escuta, aprende e repete o que te vou dizer, para ti mesmo, três vezes por dia. No final do ciclo, acreditarás nisso.

David começou a escrever o primeiro pensamento no novo pergaminho.

Convence-te de que és o ser mais especial jamais criado
O primeiro graveto necessário para atear a fogueira de felicidade

Muito antes de o Sol surgir no céu e até mesmo antes de Wakantanka *ter criado o seio da Mãe Terra no qual vivemos, nunca existiu ninguém exactamente igual a mim. Ninguém, no passado, teve exactamente as mesmas características que eu, a minha personalidade ou as minhas aptidões. Nunca ninguém cresceu ao mesmo ritmo, aprendeu as mesmas coisas ou reflectiu sobre a vida do mesmo modo que eu. Nem existe nenhuma hipótese de que alguém venha a ter uma preocupação igual à minha porque não pode haver uma reprodução de mim no futuro. O meu lugar na história está assegurado porque ninguém será como eu.*

Sou o ser mais especial jamais criado.

Por que razão sou eu tão especial? Porque possuo características que ninguém mais terá. Sou único neste mundo, e nenhum guerreiro ou chefe ou qualquer homem comum poderá alguma vez reclamar aquilo que sou. Apenas eu tenho os meus pensamentos e esperanças. Apenas eu possuo o meu ritmo cardíaco, a minha energia e o meu amor à vida. Poderá alguém reclamar os meus sonhos? Poderá alguém amar como eu amo? Haverá alguém que veja exactamente a mesma cor que eu vejo quando olho para uma flor em botão? Já alguém antes de mim ouviu o uivo do coiote exactamente com a mesma tonalidade? Alguém será capaz de repetir os meus feitos e acções? Não, sei que estas coisas me pertencem, a mim, exclusivamente. Como posso eu não estar feliz com estes pensamentos no meu coração e na minha alma?

Sou o ser mais especial jamais criado.

E porque sou o ser mais especial jamais criado, sou valioso. Como um diamante, sou raro e belo. Valho mais que tudo no mundo. De que vale o dinheiro comparado comigo? Dinheiro nenhum poderia alguma vez comprar os meus pensamentos. De que vale a fama comparada comigo? Nenhuma espécie de fama me pode tornar mais especial. De que vale qualquer bem material? Nenhum deles pode ser trocado por mim. A minha felicidade está assegurada pela consciência destas verdades.

Sou o ser mais especial jamais criado.

Sei que não devo desperdiçar a minha vida. E estou aqui com um objectivo. Estou aqui para crescer em sabedoria. Estou aqui para amar todas as coisas. Estou aqui em honra de Wakantanka. *Como vou realizar estes projectos? Posso começar por ser feliz. Posso ser feliz se tiver consciência de que sou o ser mais especial jamais criado. Se sou assim tão especial, posso, seguramente, sorrir com orgulho pela pessoa que sou. Posso ser feliz, serei feliz... sou feliz.*

Sou feliz porque sou o ser mais especial jamais criado.

O segundo ciclo da Lua

David demorou bastante tempo a tomar nota deste ponto no novo pergaminho. Pensou no significado que poderia ter na sua vida e chegou à conclusão de que este princípio era muito importante. Sabia que o seu pai tinha vivido toda a sua vida de acordo com esta atitude, e ele iria começar a fazer uso dela na sua própria vida. Todos os dias, depois de meditar, leria o pergaminho. Lê-lo-ia repetidamente até se tornar parte integrante da sua alma.

Quando terminou, o Homem pôs-se a falar do segundo princípio.

— Existem muitas razões pelas quais algumas pessoas são felizes e outras são infelizes. Uma das mais óbvias é que as que são infelizes sentem que a vida tem sido injusta para com elas. Sentem inveja ou raiva quando comparam a sua vida com a daqueles a quem admiram. Em vez disso, deviam agir com equilíbrio para dar apreço ao que a vida lhes *ofereceu*.

Fez uma pausa.

— Durante o segundo ciclo da Lua, quero que te dediques, cada dia, a avaliar o que a vida te ofereceu. Pensa em todas as coisas boas da tua vida e toma nota delas. Descobrirás que possuis muitas coisas maravilhosas. Pensa nelas todos os dias, e o teu olhar do mundo será melhor. Mais importante ainda, lê o princípio do teu novo pergaminho depois de meditares. Fá-lo três vezes por dia ao longo do segundo ciclo da Lua.

David escreveu o novo princípio à medida que o Homem lho ia ditando.

Dá apreço ao que a vida te concedeu
O segundo graveto necessário para atear a fogueira da felicidade

Serei feliz porque dou apreço ao que a vida me concedeu.

Quando me sento e penso na beleza da vida, acabo por perceber que estou encantado pelo que a vida me ofereceu. Embora não tenha obtido tudo quanto desejo, não sinto tristeza porque isso me faz gostar muito das muitas mais coisas que possuo. Se eu estivesse de perfeita saúde, será que conseguiria apreciar uma caminhada perigosa? Se fosse espantosamente belo, seria capaz de admirar alguém que me julgasse atraente? Se possuísse uma fortuna imensa, seria capaz de dar apreço a um presente oferecido por um amigo? Não, sei que seria impossível. Porque conheço e aceito esta verdade, consigo entender por que motivo não recebi tudo quanto desejo. Eu sou o filho especial de Wakantanka. Wakantanka sabe que sou suficientemente forte para não pensar no que não possuo, mas antes para dar apreço ao que tenho de facto. Obrigado, Wakantanka, por teres uma tal confiança em mim.

Darei apreço ao que a vida me concedeu.

Em vez de ficar obcecado com o que não tenho, hoje voltar-me-ei para a minha mente e tudo o que ela me proporciona. É o poder da minha mente que me distingue dos animais e de todos os outros seres do mundo. Com ela posso pensar na beleza e no amor. Posso pensar na paz e na realização pessoal. Que mais posso fazer com a minha mente? Tudo quanto quiser. Posso voar como a águia ou correr como o lobo. Nos meus sonhos, nunca tenho fome nem me sinto cansado. Não há fronteiras para o meu mundo nem limites para o que posso realizar. Como gosto deste aspecto da minha vida!

Darei apreço ao que a vida me concedeu.

Sei que está na minha natureza querer mais do que alguma vez conquistarei. Isso faz parte da minha alma e distancia-me das outras criaturas. Trata-se de uma força que posso utilizar para melhorar a minha vida. Sei que nada há de mal com os meus desejos, os meus sonhos, as minhas ambições ou as minhas necessidades porque estes ateiam a fogueira que existe em mim. Contudo, bem lá no fundo, percebo que nenhuma das coisas que quero na vida me pode fazer feliz. Antes pelo contrário, para ser feliz, devo pensar nas coisas magníficas que possuo neste momento, no tempo presente. Tenho de pensar que a própria vida é tão incrivelmente especial que não devo desperdiçar um único minuto preocupado com os aspectos negativos. Tenho de saber que sou especial, que a vida é especial e que sou capaz de a gozar no momento presente. Devo aceitar que posso ser feliz mesmo que nenhum dos meus sonhos se torne realidade porque toda a felicidade pressupõe a admiração pela vida.

Darei apreço ao que a vida me concedeu.

Sei que a felicidade é, simultaneamente, o princípio e o fim da minha viagem na vida. Sei que tenho de ser feliz para que possa alcançar os meus objectivos, pois os pensamentos negativos inibir-me-iam muito antes de os atingir. No entanto, por que razão tenho metas que desejo alcançar? Para que possa ser feliz! A felicidade é uma viagem circular, uma viagem em que o meu fim é o meu começo. Mas o que é que isto quer dizer? Quer dizer que me posso sentir bem comigo mesmo, independentemente de atingir ou não as minhas metas. Quer dizer que não preciso de um motivo para ser feliz. Quer dizer que posso ser sempre feliz. Estes pensamentos simples são o suficiente para me fazerem dar apreço, agora, à minha vida.

Darei apreço ao que a vida me concedeu.

Possuo tantas coisas maravilhosas. O que é que possuo? Possuo a vida. Possuo uma grande capacidade para amar. Sou capaz de reflectir. Sou capaz de sonhar. Sou capaz de ter esperança. Sou capaz de rezar. Sou capaz de sentir. Sou capaz de respirar. Sou capaz de cheirar. Sou capaz de ver. Sou capaz de andar. Sou capaz de falar. Sou capaz de ajudar. Sou capaz de ser feliz. Apenas eu sou capaz de fazer tudo isto voluntariamente. E se houver coisas que eu não consiga fazer ou obter, isso não importa porque possuo o bem mais precioso de todos. Tenho-me a mim mesmo, e isso nunca ninguém me poderá tirar.

Darei apreço ao que a vida me concedeu.

Adaptar-me-ei à vida de acordo com as circusntâncias. A vida ofereceu-me tanto que não necessito de mais nada. Sei que posso ser feliz só por causa deste facto. Adaptar-me-ei de forma positiva às coisas más que me acontecerem e serei feliz por essa razão. Não esperarei que todos os meus objectivos ou sonhos se tornem realidade, mas serei feliz! Os outros podem ter mais coisas que eu, mas serei feliz! Os outros podem ser mais bonitos, mas serei feliz! E por que razão serei eu feliz? Porque conheço e admiro o que a vida me proporcionou. Sou feliz porque quero ser feliz. A vida recompensou-me com a capacidade de ser feliz e, para me respeitar a mim mesmo, serei feliz. Como um círculo. O fim e o início. A felicidade.

Obrigado, vida, por tudo quanto me concedeste.

O terceiro ciclo da Lua

David sentiu prazer em escrever o segundo princípio. Sabia que este modo particular de olhar o mundo era algo que o seu pai possuía. Se também fizesse a mesma coisa, então seria mais parecido com ele.

O Homem esperou até que David acabasse, antes de dar início ao terceiro princípio.

— Uma pessoa feliz encara a sua vida com esperança no futuro. Também o devias fazer. Se encarares a tua vida com optimismo, verás que é mais fácil ser feliz. Olharás a vida como algo excitante, que te desafia e, ao mesmo tempo, cheia de promessas. Depois que dominares os dois primeiros pontos, serás capaz de aprender este novo ponto. Este terá lugar durante o terceiro ciclo da Lua. Lê este ponto três vezes por dia, após a meditação.

David acenou com a cabeça, e o Homem começou.

Encara a tua vida com optimismo e esperança no futuro
O terceiro graveto necessário para atear a fogueira da felicidade

Sou feliz porque encaro a minha vida com optimismo e esperança no futuro.

A pouco e pouco, tudo se encaixa. Uma única gota da água da chuva parece não fazer grande diferença no mundo. Contudo, à medida que escorre pela montanha, junta-se a outras gotas e, rapidamente, se forma um fio de água. Este fio de água torna-se num regato, o regato transforma-se num rio e, em breve, aquela pequena gota faz parte de algo tão poderoso que não se pode travar. Conduzirei a minha vida da mesma forma. O optimismo é a gota da chuva, a convicção de que alguma coisa boa me acontecerá hoje. À primeira vista, o optimismo parece não ter grande valor. Até me posso esquecer dele, todavia sei que estará comigo. A seguir, serei optimista em relação a uma segunda coisa e a uma terceira. Tal como as gotas que se transformam num fio de água, o meu optimismo tornar-se-á mais forte. Depressa fluirá na minha vida e não será reprimido. Por que procederei assim? Por que quero ser optimista? Porque o optimismo é algo que me faz feliz. E eu quero ser feliz.

Encararei a minha vida com optimismo e esperança no futuro.

Tenho esperança na vida porque sei que o futuro não tem limites para mim. Uma vez que o passado é passado, apenas eu posso decidir o que o futuro me trará. Devo pensar que o meu futuro é negro e sinistro? Devo duvidar que algo de bom alguma vez me acontecerá? Devo viver no receio constante do amanhã? Não, porque se eu olhar para o meu futuro com estes pensamentos, então terei assinado o veredicto do meu destino. Nunca chegarei a ser nada porque acreditei que nada era.

Encararei a minha vida com optimismo e esperança no futuro.

Tal como a luz e as trevas, o bem e o mal, existem outras alternativas. Se olhar o meu futuro com a chama acesa e com esperança, se considerar que nada de mal alguma vez me acontecerá e se for em frente pensando no amanhã com entusiasmo, então também terei assinado a sentença do meu destino. Sou feliz porque sou optimista. Tenho esperança num amanhã melhor. Não estou preocupado com os fracassos de hoje porque sei que as coisas serão melhores amanhã.

Também olharei a minha vida como uma aventura. O que acontecer a seguir poderá estar para além do meu controlo, no entanto, o entusiasmo vale o risco. Olharei a minha vida da mesma maneira que uma criança vê o mundo: com inocência e paz no coração. Saberei que em cada dia algo novo e excitante me acontecerá. Em cada dia esperarei que algo de bom me aconteça. Não receio o amanhã porque será melhor que o dia de hoje.

Encararei a minha vida com optimismo e esperança no futuro.

Quando olho o futuro com optimismo, sei que me acontecerão coisas preciosas. A vida, para mim, só poderá melhorar e isso faz-me sentir um grande entusiasmo por tudo quanto faço. Não receio que o futuro não se torne realidade porque o optimismo é como uma estrela que me guia durante a noite. Sempre que navegar em águas agitadas, olharei simplesmente para a estrela e saberei que chegarei a bom porto se mantiver o meu rumo. Enquanto usar a estrela do optimismo para ser feliz, alcançarei sempre os meus objectivos. Como já sei, a felicidade é o princípio e o fim de qualquer meta na minha vida. O optimismo far-me-á feliz.

Encararei a minha vida com optimismo e esperança no futuro.

Se as coisas estiverem a correr mal, hão-de melhorar, apreciá-las-ei ainda mais. Há sempre lugar para o optimismo na minha vida. Em relação ao que é que serei optimista? Em relação a tudo. Serei optimista em relação a mim e terei enormes expectativas para o meu futuro. Acreditarei que me acontecerão coisas boas. Serei optimista em relação às outras pessoas. Acreditarei que têm pensa-

mentos sãos e que agem com justeza porque isso me faz sentir melhor em relação a elas. Serei optimista em relação à minha família e acreditarei nela. A minha confiança na minha família ajudá-la-á a ultrapassar todas as desavenças. Serei optimista em relação aos meus inimigos porque acredito que isso fará do mundo um lugar melhor. Serei optimista nas palavras que pronunciar porque compreendo o poder das palavras para influenciar os outros. Serei optimista na forma de encarar a minha vida porque as palavras e acções passam de pessoa em pessoa. O optimismo transformar-se-á num modo de vida para mim e, por consequência, serei feliz.

Obrigado, Wakantanka, *por me mostrares esta verdade.*

O quarto ciclo da Lua

David tinha escutado a importância do optimismo na vida, no entanto não tinha previsto a sua importância se quisesse ser feliz. Quando reflectiu sobre o seu pai e sobre o Homem, porém, percebeu que era verdade. Ambos olhavam em frente a cada dia que passava. O que é que era que o seu pai sempre lhe dissera?

«Amanhã as coisas correrão melhor.»

Não repetiu apenas estas palavras; acreditou nelas. Sabia que o pai ia buscar energia àquele princípio; ajudava-o nos momentos difíceis e permitia-lhe gozar os momentos bons. David desejava começar por este ponto imediatamente, mas tinha consciência de que devia, primeiro, conhecer a fundo os anteriores. Se os ignorasse, sabia que jamais fariam parte da sua vida.

O Homem começou a enunciar o quarto princípio.

— As pessoas que encaram a vida com optimismo, consideram que é fácil incluir o próximo aspecto nas suas vidas. Apesar de o próximo ponto já ter sido por ti ouvido muitas vezes, tens de conseguir dominá-lo como aos anteriores. Estabelecer objectivos ajuda as pessoas a concentrarem-se no futuro. Lê este princípio três vezes por dia, ao longo do quarto ciclo da Lua, e ele tornar-se-á parte da tua vida.

Estabelece objectivos novos e com interesse
O quarto graveto necessário para atear a fogueira da felicidade

Estabelecerei objectivos novos e interessantes porque sei que me farão feliz.

À medida que o Sol se vai pondo ao fim do dia, apercebo-me que mais um dia acabou. O dia de ontem ensinou-me algumas lições, permitiu-me experiências e deixou a minha vida para sempre. Não há nada que eu possa fazer para recuperar o dia de ontem.

O amanhã comporta grandes promessas para mim. O meu futuro está nas minhas próprias mãos, e há tanto a fazer para o transformar no tipo de dia que espero. É o início de uma nova viagem, uma viagem que vai influenciar a minha vida para sempre. As coisas mudarão amanhã. Agirei, falarei e pensarei de forma diferente. Como hei-de saber como proceder? Como hei-de saber onde me leva esta viagem? O desconhecido pode ser assustador, e eu não quero ter medo do amanhã. De que modo posso, então, evitar este receio? Posso evitá-lo, pura e simplesmente, estabelecendo metas novas e interessantes. Estas metas serão o mapa da minha viagem. Permitir-me-ão conduzir a minha vida com confiança. Permitir-me-ão registar os meus progressos em relação ao que quer que seja que eu desejo. Far-me-ão pensar sobre o futuro.

Estabelecerei objectivos novos e interessantes.

Posso controlar o meu futuro por intermédio das acções que hoje pratico. Se quiser ter sucesso, sei que há algo que posso fazer hoje para me ajudar a atingir o meu objectivo. Se quiser ser mais saudável de futuro, sei que o meu objectivo, hoje, é dar o primeiro passo para essa finalidade. Os propósitos diários são importantes, porque sei que nunca conseguirei alcançar as metas futuras sem as acções de hoje. Sei e entendo que, se não criar objectivos diários, viajarei através da vida sem mapa. E sem um mapa perder-me-ei e eu não quero perder-me. Quero caminhar com Wakantanka *e com confiança; e* Wakantanka *revelou-me uma verdade com a qual oriento a minha vida. Que verdade é essa? A verdade é simples: um dia há-de vir em que deixará de chegar o amanhã. Estabelecerei objectivos hoje e trabalharei para os alcançar, pois um dia não serei capaz de os começar no dia seguinte. Se criar metas diárias, serei feliz.*

Também estabelecerei objectivos a longo prazo. Sem objectivos a longo prazo, as minhas metas diárias terão pouco efeito na vida. Sei que os objectivos a longo prazo me ajudarão a enfrentar o desânimo que sinto quando não atinjo as minhas metas diárias. Cada fracasso num propósito diário há-de ensinar-me algo. Estes conhecimentos acumular-se-ão ao longo do tempo e descobrirei que aprendi mais com os meus fracassos do que com os meus sucessos. É por esta razão que não receio o fracasso nem avaliarei o meu desempenho numa base diária. Exactamente como uma árvore leva muitos anos a tornar-se forte, também eu devo tornar-me forte a pouco e pouco. A consciência destas verdades ajuda-me a ser feliz.

Estabelecerei objectivos novos e interessantes.

Ao mesmo tempo que me apercebo que crio metas para alcançar um determinado fim, também sei e compreendo que a viagem em direcção aos meus objectivos é agradável. Que homem de sucesso não deseja falar com orgulho ao contar o que teve de passar para atingir as suas metas? Que atleta de eleição não deseja relatar orgulhosamente as milhares de horas de trabalho que teve antes de chegar à vitória? O trabalho árduo, os sucessos e os fracassos ajudam, no seu conjunto, as pessoas a alcançarem os seus objectivos. Sei e entendo que as metas são para ser usufruídas enquanto trabalho para as atingir e não apenas quando sou bem sucedido. Para ser feliz, tenho de criar objectivos e compreender que qualquer malogro me apresentou um obstáculo que, uma vez superado, se transformará numa fonte de orgulho para mim. Essas metas ajudar-me-ão a sentir uma grande felicidade no meu coração.

Estabelecerei objectivos novos e interessantes.

Farei uma listagem dos meus objectivos todos os dias. Essa lista abrangerá as metas a longo e a curto prazos e certificar-me-ei de que tenho consciência do que implica atingi-las. Depois trabalharei no sentido de as alcançar. Ao agir desta maneira, serei capaz de me concentrar em melhorar a minha vida. Se trabalhar para melhorar a minha vida, serei feliz. De cada vez que atingir um propósito, rapidamente criarei outro para não cair na apatia.

Compreendo e acredito que a letargia é a semente da insatisfação na minha vida, enquanto que planear, trabalhar e alcançar as metas me faz sentir bem em relação ao meu futuro. Serei feliz porque os objectivos que eu determinar não me permitirão ter tempo para ficar obcecado com os aspectos negativos da minha vida.

Em resumo, serei feliz se projectar metas novas e interessantes.

O quinto ciclo da Lua

David pensou no que viria a seguir. Com o tempo, começou a perceber que até chegar a este princípio, teriam passado cerca de quatro meses.

O Homem começou a falar do quinto princípio.

— Pergunto-me — disse lentamente — como reagirás a este quinto aspecto. Vou pedir-te que faças uma coisa que é muito difícil. Para este ciclo da Lua, imagina que cada dia é o teu último dia na Terra e age em conformidade com este pensamento. Este ponto, mais do que qualquer outro que aprendas, levará os outros a verem-te sob um prisma diferente. E mais ainda, também tu te verás sob outro prisma. Aprenderás a apreciar cada momento de cada dia e acabarás por dar valor à vida inteira. Este ponto, mais do qualquer outro, tornar-te-á numa pessoa melhor. Lê este ponto três vezes por dia, após a meditação, ao longo do quinto ciclo da Lua.

O Homem fez uma breve pausa e depois começou a ensinar a David o quinto princípio.

Vive cada dia da tua vida como se fosse o último

O quinto graveto necessário para atear a fogueira da felicidade

Serei feliz porque vivo este dia como se fosse o último.
Não viverei para ver o amanhã, contudo serei feliz.
A minha vida há-de acabar, contudo serei feliz.
Os meus planos para o futuro desvanecer-se-ão, contudo serei feliz.

É o último dia da minha vida e sou feliz!

Para mim, não existirá amanhã. A vida extinguir-se-á quando a Lua nascer, ao fim do dia. Quero estar triste; dentro do meu coração sinto que mereço mais alguns anos de vida. Ainda tenho tanto para levar a cabo, tantos sonhos deixados por realizar. No entanto, mesmo que queira estar triste, não consigo. Estou feliz; mais do que alguma vez estive. Repito para mim mesmo: Sou feliz! Sou feliz! Contudo, como? Como posso estar feliz quando sei que já me resta pouco tempo?

Porque hoje é um dia especial e não pode ser desperdiçado com pensamentos de tristeza. *Porque hoje gozarei cada minuto. Não haverá tempo para lembranças amargas! Porque sei que só eu controlo a minha felicidade e que* Wakantanka *me transmitiu a energia necessária para sentir a felicidade no meu coração; e Ele quer que o meu último dia seja feliz. E acima de tudo, porque sei que este dia é um bónus que não mereço. Fui agraciado com este dia e* sei que é o último. *Ninguém mais sabe quando vai morrer, mas eu sei! Conheço o maior segredo do mundo! Saber estas coisas enche-me o coração de muita felicidade.*

Com estas verdades presentes na minha mente, o que é que farei no meu último dia? Primeiro, certificar-me-ei de que não desperdiçarei um único momento. Usarei cada minuto do dia para encontrar algo que me faça feliz. Pode ser, tão somente, o chilrear de um pássaro ou uma cor bonita; mas prestar-lhe-ei atenção, gozá-lo-ei e amá-lo-ei. Reconheço que tudo o que é beleza é uma dádiva de Wakantanka *e que Ele me ofereceu a capacidade para o apreciar. Como é que eu podia deixar de o fazer por Ele? Ele* encheu o mundo de beleza para que eu possa ser feliz. Portanto hoje, no meu último dia, saudarei a alvorada com reverência. Descobrirei a beleza de todas as coisas vivas. Descobrirei beleza na natureza: as nuvens provocar-me-ão espanto, os ventos aliviarão o meu fardo e os mares purificarão as minhas imperfeições. Sei que hoje as minhas horas finais serão despendidas com paz interior e em admiração pela beleza que me rodeia.

E, no entanto, farei mais do que observar a beleza do mundo. Porque é o meu último dia, quero dedicar-lhe a minha máxima atenção. Cada minuto é a única coisa e a mais preciosa que tenho e sou feliz pois sei como tirar o melhor partido dele. Este dia é a minha vida, a minha vida inteira e canto com alegria porque o posso passar como muito bem decidir. Acordo de manhã com um sentimento de gratidão para com Wakantanka por me conceder este último dia. Vou fazer das poucas horas que me restam as melhores que jamais tive na vida.

Viverei cada dia como se fosse o último.

O que é que hei-de fazer com este último dia? Por que me foi concedido? Tem de haver uma razão, pois a tanta gente antes de mim nunca foi dada esta oportunidade. Tem de ser o meu último dia para ser feliz. Tem de ser o dia para amar todos os que me estão mais próximos. Tem de ser o dia para apreciar as coisas a que antes nunca dei valor. Estas são as coisas que tenho de fazer ao longo das preciosas horas que me restam. Saudarei cada hora com entusiasmo e acarinharei todas as coisas porque não voltarei a vê-las. Amarei este último dia de todo o meu coração e sinto-me feliz por verificar que não o deito a perder com pensamentos negativos.

Viverei cada dia como se fosse o último.

Hoje vou fazer coisas que me dêem prazer a mim e aos outros. Direi às pessoas por quem me interesso o quão especiais elas são na minha vida e sorrirei quando vir a sua expressão. Auxiliarei quem precisar de ajuda porque me torna feliz saber que, hoje, sou capaz de praticar acções generosas. Farei as pazes com os meus inimigos porque quero que saibam que dou valor a toda a espécie *de vida e que também os quero ver felizes. Caminharei com a Mãe Terra e apreciarei a beleza que me cerca porque sei que rirei com admiração pelo mistério da vida. Viverei com amor e entusiasmo no meu coração porque sei que amanhã estarei morto e quero ser feliz no meu último dia.*

E, se de facto for verdade e for o meu último dia, terei vivido o melhor dia da minha vida. Terei vivido cada minuto com a minha mais ardente dedicação. Terei amado até ao limite máximo do meu coração. Cada minuto terá sido o mais feliz de toda a minha vida.

E se estiver enganado e não for o meu último dia, levantarei as minhas mãos em sinal de vitória e agradecerei a Wakantanka *por me ter concedido mais uma oportunidade para ser feliz.*

O sexto ciclo da Lua

A hipótese de viver cada dia como se fosse o último parecia difícil a David. Todavia, ele também sabia que se tratava de algo que tinha de aprender. Se conseguisse, cada dia teria um significado muito especial para ele. Apreciaria cada momento e seria feliz por causa disso. Esta teria sido também uma das coisas que o seu pai provavelmente havia feito.

O Homem encheu duas chávenas de chá antes de começar a expor o sexto princípio.

— Antes que passemos ao sexto ponto, quero que saibas que todos os problemas que enfrentares ao longo da tua vida não serão piores do que os problemas que os outros enfrentam na deles. Todos nós somos confrontados com dificuldades, mas as pessoas felizes são as que têm a capacidade de se lhes adaptar. Pensa, por exemplo, numa tartaruga a atravessar uma mesa. Se tu bateres na mesa com os punhos, o que é que a tartaruga faz? Enfia a cabeça na concha. É esta a atitude que muita gente toma. Não se adaptam à vida e batem em retirada. Lembra-te, no momento em que dominares este ponto, serás optimista em relação à vida e estarás a estabelecer os teus objectivos. Se não atingires essas tuas metas, não batas em retirada; adapta-te a elas. Se o fizeres, serás muito mais feliz. Lembra-te também que, para aprenderes a fazer isso, tens de ler o significado deste princípio três vezes por dia, após a meditação, durante todo este ciclo da Lua.

Fez uma pequena pausa.

— Então, por essa altura, espero que a tua aprendizagem já dure há cerca de seis meses. Terás mudado mais do que alguma vez pensaste, mas digo-te outra vez: *abraça estes aspectos, um de cada vez.* Leva o tempo que precisares e faz o que eles mandam. Verificarás que se operou uma mudança maravilhosa em ti. Os outros também repararão nela. Se tiveres sido capaz de chegar até aqui, terás sido mais bem sucedido do que a maioria dos outros. Por favor, por ti e pelos outros que te conhecem, faz exactamente como te ensinaram.

Aclarou a voz e depois iniciou a explicação do sexto princípio.

Adapta-te à vida conforme ela se apresenta
O sexto graveto necessário para atear a fogueira da felicidade

Serei feliz porque me adaptarei à vida conforme ela se me apresentar.

Sei que nem tudo quanto desejo se tornará realidade para mim. Muitas coisas que desejo e muitas coisas que me acontecem estão para além do meu controlo. É assim que é a Mãe Terra, é assim que sempre foi e é assim que sempre será. Por que razão foi o mundo criado deste modo? Por que razão é que Wakantanka criou um tal lugar? Será porque Ele quer que eu seja infeliz? Não, não é. Não é essa a forma de agir de Wakantanka. Wakantanka quer que eu seja feliz, e é meu dever ser feliz para O honrar. Então por que parece tão difícil às vezes? Por que é que tantos problemas parecem afligir-me, impedindo os meus progressos? Acho que sei a resposta.

É porque eu partilho este mundo com os outros.

Partilho-o com a natureza, partilho-o com as pessoas, partilho-o com os seres a quem Wakantanka *abençoou. Este não é o meu mundo; foi-me emprestado pelos meus descendentes e foi-me emprestado por* Wakantanka, *pedi-o emprestado a todos aqueles que existem comigo. E porque todos partilham este mundo com os outros que têm o mesmo direito aos seus recursos, eu não consigo controlar tudo o que me acontece. Se uma praga destruir todo o trigo do mundo, não existe nada com que eu possa fabricar pão. Se um homem possuir todas os bovinos do mundo e não os partilhar, não há nada que eu possa fazer para ter bifes. Existem coisas para além do meu controlo, no entanto sei e acredito que* Wakantanka *tinha um objectivo quando arquitectou o mundo. Qual é, então, este objectivo? E por que é que Ele assim decidiu? Estas duas perguntas têm atormentado os homens ao longo de séculos, mas foi encontrada alguma resposta? Sim, eu sei a resposta quando olho para o meu coração e para a minha alma. Conheço o Seu objectivo.*

O Seu objectivo é tornar-me forte adaptando-me, de forma positiva, às coisas que me acontecem na vida.

O que é que isto significa para mim? Significa tudo! Significa que não tenho de receber todas as coisas que quero para ser feliz porque serei suficientemente forte para me adaptar à vida sem elas. Significa que a minha felicidade é da minha exclusiva responsabilidade; não depende do que acontece mas, contrariamente, do modo como observo e me adapto ao problema. Sei e acredito que posso tirar o melhor partido de uma qualquer situação porque tirar o melhor partido dessa situação é inteiramente da minha conta.

Sou tão feliz agora que tenho a certeza de que nada será capaz de me desanimar! Se me acontecer alguma coisa, farei com que os aspectos positivos venham ao de cima. Se a vida me apresentar algo de inesperado, posso fazer uma única adaptação e alguma coisa boa acontecerá. Posso ser feliz porque conheço esta verdade.

Adaptar-me-ei à vida conforme ela se me apresentar.

Sei como conduzir a minha vida. Sei como ser feliz cada vez que respirar. É tão fácil! Só tenho de me adaptar às coisas más com uma atitude feliz! Sei e acredito, do fundo do meu coração, que Wakantanka *jamais me daria um problema tão grande e difícil que eu não fosse capaz de ultrapassar. Não é assim que Ele é. Tenho a energia dos meus antepassados na minha alma para me ajudar a adaptar-me e tenho a sabedoria de* Tunkasila *para me guiar à verdade. Obrigado,* Wakantanka, *por me dares este conhecimento e esta energia. Adaptar-me-ei e serei feliz para Te honrar.*

Não me preocuparei quando for confrontado com alguma dificuldade porque ou a resolverei ou me adaptarei a ela. Não entrarei em desespero se perder algo com valor porque sei que ou o encontrarei ou aprenderei a viver feliz sem isso. Não sentirei raiva quando os outros tentarem derrotar-me porque sei que serei capaz de ser feliz quer perca quer ganhe. Não me sentirei sozinho porque sei que farei amigos se tiver uma atitude feliz.

Adaptar-me-ei à vida conforme ela se me apresentar.

Sei que se me adaptar aos problemas que surgem na minha vida e trabalhar para ser feliz apesar da sua existência, terei aprendido o maior segredo do mundo. Que posso eu desejar alcançar? A felicidade! Se eu souber que me consigo adaptar aos problemas, sei que posso ser feliz, pois sei que posso fazer algo que muito poucas pessoas conseguem fazer. Posso levar uma vida feliz! Sou feliz em cada dia e, então, até ao fim dos meus dias terei vivido uma vida feliz. Nada mais posso desejar.

Adaptar-me-ei à vida conforme ela se me apresentar.

Tenho consciência de que as complicações aparecem na vida de todas as pessoas do mundo. Mas quantas são as que vivem felizes apesar da sua existência? São as que se adaptam a elas com uma atitude feliz, são essas pessoas! Também me adaptarei aos aborrecimentos do mesmo modo. Rir-me-ei quando os problemas me confrontarem e sorrirei quando as coisas correrem mal porque sei que me adaptarei a eles. Sei que nada me pode acontecer que afecte a minha felicidade porque a minha maneira de olhar o mundo vem de dentro de mim. Conquistarei a vida com felicidade, viverei cada dia de coração alegre e adaptar-me--ei aos meus problemas com ânimo porque sei que só depende de mim proceder desta maneira. Sinto uma grande força interior porque sei que consigo adaptar-me ao que quer que seja que me aconteça. Quão terrível seria a vida se a felicidade dependesse de alguém ou de alguma coisa! Isso significaria que apenas algumas pessoas seriam felizes. Esta consciência faz-me perceber a sabedoria de Wakantanka. *Entendo agora por que razão Ele quer que eu me adapte aos aborrecimentos da minha vida. Compreendo por que motivo esses inconvenientes não precisam de me tornar infeliz.*

No mundo limitado que Ele criou, a única maneira de Ele nos permitir ser felizes é deixar que isso dependa de cada um de nós.

O sétimo ciclo da Lua

David pensou sobre o sexto princípio enquanto o ia escrevendo. A forma como o Homem lhe falou dos objectivos de *Wakantanka* fê-lo sentir-se bem. Estava contente por só ele poder controlar a sua felicidade ao adaptar-se à vida de acordo com a maneira como ela se lhe apresentasse. Também percebeu que era importante ter este ponto em linha de conta na sua vida. Ao fazê-lo, seria capaz de encarar os seus aborrecimentos de cabeça erguida e tirar deles o melhor partido.

O Homem começou a falar do sétimo princípio.

— O próximo princípio ensina-te o poder do amor. Mais importante ainda, ensina-te a gostar de ti próprio. Se não gostares de ti mesmo, então não podes amar mais nada. Se gostares de ti, descobrirás que a felicidade toma conta da tua vida. Lê o significado da imagem três vezes por dia, durante o sétimo ciclo da Lua, após a meditação.

Aprende a viver contigo e a gostar de ti
O sétimo graveto necessário para atear a fogueira da felicidade

Serei feliz porque sei como viver comigo mesmo e como gostar de mim.

Sei que são estes os alicerces da felicidade na minha vida. Os ventos podem derrubar as árvores, os terramotos podem impedir um rio de correr e o fogo pode destruir um vale inteiro. A força e o poder dos homens podem destruir cidades, mas o poder do amor ajudar-me-á a ultrapassar tudo o que se me deparar. O amor é a força que une as pessoas. É a realidade mais poderosa de todas. Tenho de aprender a gostar de mim para ser feliz. Se o não fizer, encontrar-me-ei perdido numa terra desconhecida, restando o desespero e a solidão à minha volta.

Posso não ser atraente, posso não ser inteligente, posso não dizer as palavras certas ou não fazer as coisas certas, mas sei que gostar de mim mesmo abrirá o coração de todos. Se gostar de mim, possuo uma energia invisível que os outros verão. Resplandecerei de felicidade como o sol e espalharei amor por todos quantos se abeirarem de mim. Tornar-me-ei igual a Tunkasila e parecerei um sábio a todos os que me encontrarem. Os outros virão de muito longe ter comigo para aprenderem, como se eu possuísse um segredo que apenas alguns guardam. Dir-lhes-ei que têm de gostar de si próprios porque essa é a pedra angular da sabedoria e da felicidade verdadeiras.

Aprenderei a viver comigo e a gostar de mim.

De que modo posso gostar de mim? Tenho de encarar a minha vida como algo sagrado. Sou especial porque nunca ninguém alguma vez poderá ser a mesma pessoa que eu sou. Tenho capacidades e pensamentos que mais ninguém tem, e eles tornam-me valioso aos olhos do mundo. Amo o que posso e o que não posso porque sei que estas coisas são únicas para mim. Amo aquilo que disser, porque as palavras vêm do fundo da minha alma. Amo os meus sentimentos, porque vêm do fundo do meu coração. Gosto de mim, porque Wakantanka era sábio e omnisciente quando me criou. Ele não comete erros, e eu sou a coisa mais preciosa que Ele jamais criou.

Aprenderei a viver comigo e a gostar de mim.

Gosto de mim por mil razões. Gosto das minhas palavras, das minhas acções, dos meus pensamentos e dos meus sonhos. Gosto de mim porque isso me faz feliz. E se gosto de mim e sou feliz, posso amar todas as coisas. Posso amar todas as criaturas, posso amar a natureza e posso amar as outras pessoas. Sem a minha auto-estima, todas estas coisas são impossíveis. Se não consigo gostar de mim, não consigo amar o mundo. Se não consigo gostar de mim, não consigo amar os outros porque não sinto felicidade no meu coração. Se não consigo gostar de mim, não posso ser feliz. Se não for feliz, a minha vida não tem valor.

Todavia, sei que a minha vida não é inútil! Eu sou capaz de amar! Posso amar-me e amo-me a mim mesmo porque quero ser feliz! Sei que Wakantanka *me criou com amor e amará a Sua obra. Gosto de mim porque estou destinado a ser feliz. É este o maior desejo de* Wakantanka *para a pessoa que sou. De hoje em diante, gostarei de mim e agirei na minha vida com amor no coração. E esse amor transbordará de mim e melhorará a minha vida em todos os aspectos.*

Aprenderei a viver comigo e a gostar de mim.

Gostarei de mim porque olho o mundo com amor. Amarei todas as criaturas que encontrar porque sei que todas as coisas têm o seu lugar neste mundo. Amarei a natureza porque é bela e sempre diferente. Amarei o mundo porque isso o transformará num lugar melhor.

Aprenderei a viver comigo e a gostar de mim.

Gostarei de mim e começarei a olhar as outras pessoas com amor no meu coração. Amarei os pobres, porque me ensinam a ser caridoso, amarei os ricos, porque me ensinam o valor da ambição. Amarei os incultos, porque vêem o mundo de uma forma de que não tenho consciência. Amarei os inteligentes, porque me transmitem os conhecimentos que, de outra maneira, eu nunca teria. Amarei todas as pessoas, porque elas são especiais e únicas, e reconheço a sua singularidade no mundo. Se olhar para todas as pessoas com amor no coração, serei feliz. Gostarei de mim e dos outros, porque isso transforma o mundo num lugar com mais paz.

Aprenderei a viver comigo e a gostar de mim.

Gostarei das coisas que disser porque sei que falo com amor e bondade. Espalharei que o amor é a força capaz de nos unir a todos. Espalharei que o amor nos pode ajudar a ultrapassar todos os obstáculos. Espalharei que gosto de mim porque sei que sem estas palavras nos meus lábios não posso ser feliz. Se gostar de mim, serei capaz de transmitir estas palavras de amor. Se disser estas palavras de amor para mim próprio e para os outros, serei feliz. O amor e a felicidade caminham de mãos dadas.

Amarei as minhas acções porque a minha forma de agir é única. Possuo capacidades e limitações que transformam as coisas que faço em coisas completamente diferentes das que foram realizadas por alguém antes de mim. Gosto de mim porque sei que as minhas acções nunca poderão ser reproduzidas. Eu sou especial, tenho um valor ilimitado para o mundo.

Sou feliz porque gosto de mim.

O oitavo ciclo da Lua

David ficou contente por o Homem lhe ter ensinado a importância do amor. Era este o motivo por que via o seu pai como um homem meigo e bondoso. Era por esta razão que o seu pai ajudava todos os que necessitavam. Ele tinha-lhe dito uma vez que não se avalia uma pessoa apenas pelo modo como ela trata os outros; avalia-se essa pessoa pela forma como ela trata aqueles de quem nada tem a beneficiar.

O Homem começou a falar do oitavo princípio.

— As pessoas infelizes exigem demasiado de si próprias. Consideram que tudo o que fazem tem de ser perfeito. Não permitem erros nas suas vidas. À medida que fores aprendendo o próximo princípio, verificarás como isso é insensato. Lembra-te de leres este princípio três vezes por dia, depois da meditação, ao longo do oitavo ciclo da Lua.

O Homem começou a explicar a David o oitavo aspecto que devia observar na sua vida.

Nunca sejas um perfeccionista
O oitavo graveto necessário para atear a fogueira da felicidade

Sou feliz porque não sou obcecado pela perfeição.
Insistir na perfeição é insistir no impossível. Nenhum homem,
incluindo eu, é perfeito. Nenhum homem passou pela vida sem um
único problema ou um único pesar. Nenhum ser é perfeito. Os seres
humanos desbaratam as suas vidas porque não conseguem aperce-
ber-se de todos os perigos que enfrentam. Nem tão-pouco o mundo é
perfeito. A natureza provocou imensa destruição e perda de vidas.
Se nenhum ser vivo no seio da Mãe Terra experimentou jamais a
perfeição absoluta e contínua, porque insistimos, eu e os outros,
nela? Só posso conhecer o fracasso e a infelicidade se me concentrar
unicamente na perfeição. Por que não fazer, pura e simplesmente, o
meu melhor? Por que razão não pedir aos outros o seu melhor?
Fazer o meu melhor ou esforçar-me o mais possível é tudo quanto
posso pedir de mim e dos outros. Já não voltarei a concentrar-me
unicamente na perfeição. Tomar consciência e acreditar nesta ver-
dade elementar tornar-me-á feliz.
Não mais voltarei a ser um perfeccionista.
De hoje em diante, não exigirei a perfeição de mim mesmo. Sei
que a perfeição é uma meta inatingível. Se insistir, então serei
confrontado com a raiva e o desespero; serei infeliz. Se pedir o meu
melhor em vez de pedir a perfeição, serei feliz. De hoje em diante,
estabelecerei objectivos, mas não desesperarei se eles não resulta-
rem exactamente como os planeei. Procurarei dar o meu melhor em
todos os aspectos; não ficarei afectado pelo pior. Se trabalhar com
afinco, ficarei orgulhoso porque sei que estou a dar o meu melhor.
Se o meu objectivo não for alcançado, não me culparei a não ser
que perceba que não procurei alcançar o meu potencial máximo.
Porque sei e entendo que o fracasso faz parte da natureza humana,
aceitarei o fracasso e usá-lo-ei em meu proveito. Com o fracasso
aprenderei, pois sei que me pode dar importantes lições de vida. Se
não me concentrar unicamente na perfeição, descubrirei que é mais
fácil ser feliz.

Porque não espero a perfeição de mim, sei que não posso esperar a perfeição nos outros. Esta tomada de consciência transforma-me numa pessoa melhor. Aceitarei que as outras pessoas não façam o que lhes peço; compadeço-me se as coisas lhes correrem mal; sinto a sua dor se a tristeza lhes bater à porta. Deles só posso pedir o que peço a mim mesmo: o meu melhor esforço. Se insistir na perfeição dos outros, tornar-me-ei seu inimigo. Se insistir na sua perfeição, tomar-me-ão por insensível. Se insistir na sua perfeição, a minha liderança será menosprezada, porque eles sabem que a perfeição é inatingível. Se insistir na perfeição, nunca ficarei satisfeito com o desempenho dos outros. A perfeição não passa de um sonho; o esforço é uma realidade. Viverei a minha vida com os olhos postos na realidade; não viverei num mundo de fantasias. Serei feliz porque a minha sabedoria me conduz a esta verdade elementar.

Não insistirei na perfeição da natureza. Do mesmo modo que não posso insistir na minha perfeição nem na dos outros, não devo exigir que a natureza seja perfeita. Não pensarei que o sol brilha todos os dias e não me surpreenderei quando as tempestades provocarem uma onda de destruição. Não esperarei pelo que não é previsível. Sei que insistir na perfeição da natureza é esperar pelo Único Poder Verdadeiro do céu. Sei que não sou Wakantanka. Não insistirei na perfeição.

Não mais voltarei a ser um perfeccionista.

De que maneira é que isto vai afectar a minha vida e as coisas que faço? Passarei a ser mais feliz. Tornar-me-ei mais paciente, mais compreensivo e mais sábio. Serei olhado com mais benevolência pelos outros que apreciarão a minha generosidade. Saberei e perceberei que não posso agradar a todos pelo que digo e faço. Se não insistir com a perfeição, acabarei por compreender esta verdade importante. Ao entender isto, descobrirei que é mais fácil ser feliz.

Se persistir no esforço em vez de exigir a perfeição, encararei a minha vida com maior compreensão. Aceitarei, com mais paciência, os aborrecimentos que se me depararem. Se insistir no esforço *por parte dos outros em vez de lhes pedir a perfeição, acabarão por me considerar uma pessoa bondosa e um amigo. Se não esperar a perfeição, serei feliz porque olharei o mundo sob uma nova perspectiva.*

O esforço, não a perfeição, é o que exigirei de mim mesmo. Agir assim far-me-á feliz.

O nono ciclo da Lua

David pensou no oitavo desenho. Decidiu que não iria exigir de si o cumprimento perfeito das suas obrigações.

O Homem passou rapidamente ao novo princípio.

— O riso é uma das chaves para a felicidade. Quando uma pessoa sabe rir, pode ultrapassar qualquer dificuldade que se lhe depare. É um dos processos mais seguros para continuarmos felizes. Uma das coisas mais bonitas no riso é que ele começa a fazer-nos sentir melhor, logo de imediato, e é uma coisa muito simples de fazer. Ainda assim, é importante destinar um ciclo da Lua a aprender a usar o riso na nossa vida. A razão é simples: uma grande parte das pessoas sentem-se inibidas se rirem demasiado. Acham que os outros os olharão de forma estranha. No entanto, não é verdade. Ao longo da tua vida, pensa no tipo de pessoas com quem gostas de estar. Preferes as pessoas que se riem muito ou aquelas que o não fazem? A resposta é simples, e é a mesma para todas as pessoas. Gostamos de estar com aquelas que são felizes; a sua felicidade é contagiosa e sentimo-nos melhor quando estamos junto delas.

David sorriu e assentiu. Sabia que era verdade. Iria ler o significado deste ponto três vezes por dia ao longo do nono ciclo da Lua.

O Homem começou.

Aprende a rir da vida

O nono graveto necessário para atear a fogueira da felicidade

Serei feliz porque aprendi a rir-me da vida.

Só as pessoas se podem rir. Nenhum animal possui este dom precioso. Os animais podem guinchar sons de dor, rosnar de medo e ser acometidos por um desejo repentino. Podem ficar cansados e podem reproduzir-se e caçar. Muitos deles podem até cheirar e ouvir melhor que o homem. Todavia, não riem. O riso é exclusivo dos humanos. É uma dádiva de Wakantanka, *uma dádiva tão especial. Ele ofereceu-a a uma só espécie no mundo. Deve ter sido muito importante para Ele ser tão selectivo em relação a este dom. De hoje em diante, darei, ao longo da vida, uma atenção especial a esta dádiva.*

Aprenderei a rir-me da vida.

Sorrirei quando me surgirem situações desagradáveis pela frente e rirei quando as coisas me desmoralizarem. Sei que ao agir desta forma, a minha vida melhorará. A minha saúde física melhorará e o meu bem-estar emocional também melhorará. O riso afastará os sentimentos negativos da minha vida, o riso far-me-á viver mais tempo e o riso proporcinar-me-á uma vida que vale a pena ser vivida. Conhecer o poder do riso é um dos maiores segredos da vida e agora pertence-me.

Rir-me-ei, também, de mim próprio e das coisas que faço. Não levarei tudo tão a sério porque sei que sou muito mais divertido quando me rio. Embora eu seja a coisa mais especial jamais criada, acredito mesmo que as coisas que eu concretizo hoje terão um efeito profundo no mundo? Não, sei que não. Sou assim tão importante? Não, também sei que não. O que me acontece no presente, parecerá insignificante daqui a alguns séculos. Então, por que razão hei-de levar a vida tão a sério? Devo gozá-la, não desgastar-me. Rir da vida far-me-á feliz.

Aprenderei a rir-me da vida.

Tenho de aprender a rir quando as coisas me correrem mal. Tenho de aprender a sorrir quando me surgirem problemas. Como vou eu fazer isto? Tenho de aprender com o tempo, os aborrecimentos que enfrento hoje desvanecer-se-ão como uma sombra ao pôr do Sol. Com o riso, controlo as minhas preocupações, não são as minhas preocupações que me controlam. Portanto, hoje rir-me-ei mais do que alguma vez ri. Se estiver irritado, tenho de ter presente que daqui a alguns anos já me terei esquecido da causa dessa irritação. Se algum amigo me entristecer, tenho de saber que o tempo fará levar a mágoa para uma memória distante. Tenho de aprender a pensar desta maneira porque isso me torna mais capaz de rir e de sorrir. Se rir e sorrir, possuo uma força que altera a minha vida.

Que força especial é essa? É tão simples quanto isto: o riso torna-me feliz. Quando rio, fico feliz, independentemente do que aconteça na minha vida! E por que é que isto é verdade? Porque é assim que eu sou; foi assim que fui educado. Quando era criança, ria quando estava feliz. Ao crescer, continuei a rir quando me sentia feliz. Ao longo do tempo, o riso e a felicidade transformaram-se num só elemento e agora não existe um sem a outra. Se rio, estou feliz. Como é que sei que isto é verdade? Porque foi esta a experiência da minha vida. Quantas vezes me irritei e alguém me fez sorrir, fazendo assim desvanecer a minha raiva? Quantas vezes me ri das aflições que se me depararam e que, de repente, passaram a assumir tão pouca importância? É verdade: para ser feliz, só tenho de me rir.

Aprenderei a rir-me da vida.

De hoje em diante, rirei mais vezes. Acordarei em cada manhã com um sorriso nos lábios e alegres acessos de riso. O riso transformará os meus problemas: torna-los-á menos importantes. Rirei dos meus fracassos, e eles reduzir-se-ão a nada; no seu lugar crescerá uma nova esperança e compreensão. Rirei dos meus sucessos e perceberei quão insignificantes são aos olhos do tempo. Em cada dia, sorrirei e rirei porque sei que isso me fará feliz e eu quero ser verdadeiramente feliz.

Enquanto rir, serei feliz. Nunca serei pobre porque sentirei o amor e a felicidade no meu coração. Nunca serei pouco instruído

porque conheço a grande verdade do mundo. Nunca estarei sozinho porque a felicidade consente que Wakantanka *comunique com a minha alma. Nunca me sentirei triste porque estarei demasiado ocupado a rir a fim de que esse riso ganhe raízes na minha vida.*
Rirei agora. Rirei dentro de alguns minutos. Rirei em todas as ocasiões, porque isso me faz feliz. Wakantanka *deu-me esta força para me ajudar, e eu usá-la-ei. Serei feliz. Honrarei* Wakantanka *com a felicidade.*

O décimo ciclo da Lua

David sabia que iria gostar de aplicar este ponto. Era fácil (na realidade, era mais fácil que alguns dos outros pontos) e torná-lo-ia, de facto, feliz.

O Homem começou a falar acerca da verdade final.

— O próximo princípio é o último que precisas de conhecer para seres feliz. Ajudar-te-á a eliminar os erros da tua vida e ensinar-te-á a pensar nas outras pessoas com todas as atitudes que tomares. Viver com este ponto fará com que os outros te respeitem a ti e às coisas que realizares. Levará um ciclo da Lua a aprender, mas é um tempo muito bem empregue. Fá-lo três vezes por dia, após a meditação.

Deu início ao décimo e último princípio.

Aceita as opiniões dos outros
O décimo graveto necessário para atear a fogueira da felicidade

Serei feliz porque consigo perceber as opiniões dos outros.

Há poucas coisas tão importantes como compreender um ente querido, um estranho ou um inimigo e ver o mundo da sua perspectiva.

Torno-me mais sabedor quando consigo comungar dos seus sentimentos, percebo a importância dos actos e das palavras quando vejo o mundo com os seus olhos; a minha vida torna-se mais vibrante quando passo pelo que os outros estão a passar. Acima de tudo, torno-me mais generoso, mais gentil e menos preocupado comigo próprio. A solidariedade começa a criar raízes na minha vida, e isso faz sentir-me bem. Fico feliz quando ajudo os que precisam. Aprenderei a aceitar os pontos de vista dos outros e, consequentemente, serei mais feliz.

Quantas vezes já lamentei uma atitude que tomei sem pensar nos outros? Quantas vezes me senti culpado porque as minhas palavras feriram os outros? Quantas vezes me senti triste porque causei uma enorme mágoa a outros? São demasiadas para as poder contar. De hoje em diante, não repetirei esses erros. Pensarei nos outros antes de pensar em mim mesmo. Agirei de acordo com os desejos de Wakan-tanka: com generosidade e compreensão em relação ao próximo.

Que é que recebo em troca? Receberei felicidade para a minha vida. Saberei que sou uma pessoa que se preocupa verdadeiramente com os outros. Saberei que agi com a bondade do meu coração. Afastarei a culpa, a tristeza e o arrependimento da minha vida e substituí-los-ei por dignidade e amor. Descobrirei que é mais fácil olhar-me com orgulho e felicidade se reconhecer que vivi, os anos da minha vida, pensando nos outros. Transformar-me-ei num símbolo de esperança num mundo de grandes perturbações.

Aprenderei a aceitar os pontos de vista dos outros.

Por outro lado, também cometerei menos erros se pensar no próximo em primeiro lugar. Reflectirei, mais cuidadosamente, nas contrariedades que se me depararem e agirei de modo a ficar feliz. Levarei o tempo necessário para me informar das preocupações daqueles que amo e tomarei em consideração os seus sentimentos quando chegar a uma decisão. Ao agir tendo em conta as suas aflições, ficarão a saber que me preocupo verdadeiramente com eles. Cresceremos em amor, cresceremos em esperança e felicidade. Teremos uma vida muito melhor.

Aprenderei a aceitar os pontos de vista dos outros.

Ao aceitar as ideias de outra pessoa, tornar-me-ei mais carinhoso. Serei mais paciente e generoso. Não serei invejoso, arrogante, orgulhoso nem indelicado. Não insistirei nas minhas opiniões nem terei ressentimentos. Suportarei todas as coisas, acreditarei na bondade de todos e a minha felicidade permanecerá firme para sempre. Aceitarei os pontos de vista dos outros.

Serei feliz porque farei o que estiver certo. Agirei com amor e interesse e, assim, sentir-me-ei bem comigo próprio. Sei que a minha solidariedade para com os outros, em detrimento de mim próprio, passa muitas vezes despercebida aos que me rodeiam. Todavia, não sou solidário apenas pelo bem das outras pessoas; faço-o por mim. Serei mais feliz ao agir desta forma, porque é assim que Wakantanka quer que eu aja. Tal como Ele se deu por nós, eu dar-me-ei aos outros. O caminho de Wakantanka é o caminho certo; é um percurso de vida que me torna, efectivamente, feliz.

Aceitarei os pontos de vista dos outros e serei feliz.

~

Quando David acabou de escrever o décimo princípio, estava cansado. Tinha a mão com cãibras e os olhos fatigados, mas não se importava. Era um preço baixo a pagar pelos conhecimentos que adquirira.

O jovem apercebeu-se de que estas ideias eram as coisas mais importantes jamais escritas. Havia mais alguma coisa na vida tão importante como estas verdades elementares? Não, David achava que não. Estas eram as verdades que milhares de pessoas tinham almejado aprender. Eram estas as coisas que o seu pai sabia e que o tornavam tão especial.

David também entendeu o motivo por que seria preciso quase um ano para as aprender. Não poderiam ser lidas apenas uma vez e esperar que tivessem influência na sua vida. Tinha de pensar nelas diariamente. Era como o Homem lhe havia dito: tinha de as dominar, uma a uma. Se as estudasse precipitadamente, nunca viriam a fazer parte da sua vida. Do mesmo modo que leva muitos anos a alguém tornar-se num adulto, ele não poderia mudar de um dia para o outro.

Este iria ser o melhor ano da sua vida.

A LIÇÃO DA ÁRVORE SAGRADA, DO RIO E DAS *PAHA SAPA*, O CORAÇÃO DE TUDO O QUE EXISTE

O significado do sexto desenho

O equilíbrio na vida é extremamente importante. Até aqui aprendemos os aspectos mental e emocional da felicidade. É, agora, altura de nos dedicarmos aos aspectos físico e espiritual da felicidade. Estes aspectos aproximam-nos da Mãe Terra e, em contrapartida, ela conduz--nos à felicidade e à paz do coração.

~

A noite estava calma e fresca, com uma leve brisa de leste. Três ramos de árvore agitavam-se preguiçosamente ao sabor do vento, oscilando com um movimento hipnótico, quase espiritual, que gerava a paz do espírito e do coração naqueles que estavam em sintonia com a natureza. A Lua já estava bem alta no céu, empoleirada por detrás de uma espessa e cinzenta nuvem de chuva que alterava as formas à medida que percorria o céu escuro. O luar, as nuvens e o vento contribuíam, em conjunto, para criar sombras dançantes que saltitavam e brilhavam frouxamente por todo o vale, lá em baixo. O suave cricrilar dos grilos e o zunir das cigarras eram os únicos sons que quebravam o silêncio das *Paha Sapa*. Era em momentos como este que se percebia por que razão estas montanhas eram sagradas e conhecidas como *o coração de tudo o que existe*.

David e o Homem encontravam-se sentados sob o carvalho gigante onde o rapaz aprendera os segredos da felicidade. Suavemente, o Homem entoava um cântico e o seu tom de voz fundia-se com os sons da natureza numa harmonia perfeita. Havia já muitas horas que não trocavam palavra. Ambos tinham observado o Sol a pôr-se no horizonte e saudaram a noite em silêncio. O coração do rapaz experimentava uma grande paz. Olhou para as estrelas e descobriu o seu mistério; sentia a força do vento no rosto e ouvia *Wakantanka* nas criaturas da noite. Tinha por este lugar uma admiração reverente e sentia era como se lhe pertencesse.

Por fim, à medida que a noite passava, David falou.

— Tenho uma dúvida.

— Sim?

— Estava a pensar em como tudo mudou desde a sua infância.

O Homem suspirou e olhou para o chão. Parecia ter-se entristecido com aquela afirmação.

— As coisas mudaram muito.

— De que modo?

— Em muitos aspectos.

— Diga-me, como é que era o nosso povo há muitos anos atrás?

O Homem reflectiu durante bastante tempo.

— No passado éramos muito mais chegados à Mãe Terra. O nosso estilo de vida foi sendo lentamente esquecido ou negligenciado. Há muitos que sentem que não têm lugar no mundo de hoje.

O coração de David sentiu a verdade destas palavras. As pessoas não se identificam com o mundo. O que é que o seu pai tinha dito? *O coração de um homem endurece quando se desgarra da natureza. E isso muda-o para sempre. Gera uma falta de respeito pela terra e por todos os seres vivos e, por fim, conduz à falta de respeito pelos seres humanos também.*

David sentiu pena do Homem. O mundo ainda tinha tanto a aprender com ele, mas seria que o mundo lhe daria essa oportunidade? Certamente. No mundo de hoje, em constante transformação, os ensinamentos do Homem podiam trazer equilíbrio e paz de espírito a todos quantos precisassem.

David voltou a interrogar o Homem.

— O que é que lhe ensinaram quando era ainda criança?

O Homem sorriu e olhou para o jovem. Os seus olhos escuros e meigos transmitiram calor e energia à sua expressão; as suas palavras pareciam provir de memórias distantes, quase esquecidas.

— Quando era pequeno, ensinaram-me o que estás a aprender agora, com histórias, lendas e mitos. Ainda não tinha três anos quando aprendi o círculo da criação do Grande Espírito, em que tudo se interliga. Teve pouco significado quando o ouvi pela primeira vez, mas com o passar do tempo, ensinou--me a inviolabilidade da vida. Ensinou-me a importância do respeito, da generosidade e da paciência. À medida que ia crescendo, aprendi a olhar para o meu coração para encontrar as respostas às minhas próprias perguntas. O meu coração é o guardião do meu espírito, e este espírito é o sopro de *Wakantanka*. Ao seguir o meu coração, não farei mal aos que me rodeiam. Hoje em dia aprendo com as minhas visões e sonhos. Aprendo com eles porque sei que chegará o dia em que me reunirei ao mundo espiritual. Estas visões e estes sonhos são o meio pelo qual *Wakantanka* me guia.

— Também aprendeu com um pergaminho pintado?

— Não. Aprendi com a roda mágica. É um símbolo pintado num tambor circular. Existem linhas que se intersectam no centro e que apontam para quatro direcções diferentes. Mais uma vez, indica o simbolismo do círculo da criação. As linhas representam quatro aspectos diferentes de nós mesmos: o mental, o físico, o emocional e o espiritual. Essas linhas também representam os dons de cada uma das quatro direcções. O Este, onde o Sol nasce, simboliza o começo, a alegria, a espontaneidade, a pureza, o nascimento e a confiança. O Sul, onde o Sol atinge o seu ponto mais alto, simboliza a plenitude, a generosidade, a lealdade, a bondade e o envolvimento apaixonado pela natureza. O Oeste, que traz a escuridão da noite, ensina-me a espiritualidade. Simboliza o silêncio, a abstinência, a reflexão, a contemplação e a humildade. Com o Norte, onde a neve é branca como os cabelos dos anciãos, aprendi a analisar, a perceber e a meditar. Com o Norte aprendi a sabedoria.

David estava intrigado. Tinha visto a roda mágica na sua casa mas não fazia ideia do seu significado. *Por que razão o pai lhe teria dado o pergaminho pintado em vez de lhe dar a roda? Seria que o pergaminho lhe poderia ensinar as lições das quatro direcções como a roda mágica?* Perguntou ao Homem que acenou afirmativamente com a cabeça.

— De certa forma. Tu querias ser feliz; é essa a finalidade do pergaminho. Se tivesses desejado, o pergaminho poderia ter servido para aprenderes as lições da roda mágica; mas não foi com essa intenção que vieste ter comigo. Todavia, se relacionares o pergaminho com a roda mágica, descobrirás muitas semelhanças nos seus ensinamentos. Pensa no que aprendeste até aqui. Aprendeste coisas sobre os aspectos mental e emocional da felicidade: os dons do Norte e do Sul. Com o tempo, o pergaminho ensinar-te-á os aspectos físico e espiritual da felicidade.

— Também me vai ensinar esses dois aspectos? — perguntou David na expectativa.

— Esse, meu jovem amigo, é o significado da sexta imagem.

~

Embora só existisse a luz da Lua para iluminar as trevas da noite, David conseguia ver o sexto desenho. Era a imagem de um regato serpenteando por entre as montanhas. Em primeiro plano via-se uma outra árvore, tal como havia na quarta figura, mas desta vez David não era capaz de dizer de que tipo de árvore se tratava.

— Esta — começou o Homem — é uma lição muito importante. Há três objectos representados neste desenho. Quais são?

— Uma árvore, um regato e as montanhas.

— Sabes o que simbolizam?

— Não — respondeu David calmamente.

— Já alguma ouviste a história da Árvore Sagrada?

David abanou a cabeça negativamente.

— Então, meu jovem amigo, está na altura de aprenderes.

O Homem começou a contar a história da Árvore Sagrada.

— A Árvore Sagrada é a árvore representada neste desenho. É uma árvore que foi plantada por *Wakantanka* quando criou o mundo. As pessoas vinham de todas as partes e juntavam-se sob a sua copa. Aí descobriam os milagres e as maravilhas de *Wakantanka*. Era a dádiva mais preciosa que Ele jamais nos deu; ensinava-nos como crescer em sabedoria. A própria árvore uniu-se a toda a natureza. Estava ligada a todas as coisas: as raízes da árvore enterraram-se bem fundo na Mãe Terra, e os ramos alcançavam o Pai lá no Céu. Os frutos eram para as pessoas. Eram as lições e as dádivas de *Wakantanka*: as lições de amor e compaixão, de generosidade e de paciência, de respeito e de justiça, de coragem e de humildade. Os frutos eram as intenções honradas de todos os homens.

«A vida da árvore é a vida de todos nós quando nos tornamos um só em *Wakantanka*. Se as pessoas abandonarem a sombra da árvore, esquecem as lições de *Wakantanka*. Tornam-se más à medida que se afastam da árvore. Esquecem-se das intenções dignas que *Wakantanka* quer encontrar em todos nós. Enchem-se de pesar e de desespero. Discutem umas com as outras; mentem, enganam e roubam para atingirem o que pretendem. Perdem as suas visões e os seus sonhos e esquecem-se de como devem viver. Estão cheias de tristeza. A pouco e pouco, vão destruindo tudo aquilo em que tocam.

«Havia uma profecia de que isto aconteceria. As pessoas sairiam da sombra e esqueceriam tudo o que tinham aprendido. Contudo, *Wakantanka* não permitiria que a árvore morresse, pois se tal acontecesse, também elas deixariam de existir. Enquanto a árvore viver, as pessoas viverão. No entanto, *Wakantanka* também sabia que elas haviam de voltar para a sombra da árvore e recomeçariam a apanhar os seus frutos.

«Perguntas-te, certamente, onde se encontra esta árvore. Está em cada um de nós, embora muitos não a consigam reconhecer. Estão desesperados, e o desespero impede-os de prosseguirem a sua viagem. Para encontrar esta árvore, para voltarmos a ser felizes, temos de aprender com *Wakantanka*.

O Homem fez uma longa pausa.

— Não podes aprender os princípios de *Wakantanka* pelos livros. Não é o suficiente. Ao invés, tens de voltar-te para a totalidade da Sua criação: a Mãe Terra. Aprenderás tanto com ela como com qualquer coisa que leias. Nota bem que, se pegares nos livros e os colocares na natureza, serão, a seu tempo, destruídos pelo sol, pelo vento, pela chuva e pelas outras criaturas. Assim, não consegues aprender nada com eles. No entanto, a Mãe Terra sobrevive. Ela ensinar-te-á tudo quanto precisas de saber.

«Todos os seres vivos dependem de *Wakantanka*, pois foi Ele quem criou o sol, o vento, a água e a terra. Quando eu era novo, não podia deixar de olhar à minha volta e de reconhecer que só um grande poder teria criado tudo isto. Porque *Wakantanka* nos criou a todos, devemos honrar tudo o que criou. Tenho de agir com bondade e amar a todos e pensar em mim em último lugar. Em troca, *Wakantanka* dar-me-á a paz interior.

«Agora, sinto que me encontro mais próximo da Mãe Terra quando me sento directamente no chão, sem nada a separar o solo do meu corpo. Estou em sintonia com Ela e posso reflectir de forma mais profunda. Tenho apenas, na minha vida, uma só obrigação: o reconhecimento diário de *Wakantanka*.

É mais importante para mim do que a comida ou a água. Todas as manhãs, ao romper do dia, vou até ao rio, descalço os meus mocassins e entro na orla do rio. Em seguida deito mãos-cheias de água pela cara e pelo corpo. Depois do banho, ponho-me de pé, volto-me para o Sol nascente e faço as minhas orações, certificando-me de que estou sozinho. Cada alma deve encontrar-se sozinha com o sol matinal, com a nova terra e com *Wakantanka*. Ao longo do dia, quando me cruzo com algo de belo (uma queda de água, um arco-íris ou um prado cheio de orvalho) paro por instante numa atitude de amor e reverência para com *Wakantanka*. Ao agir assim, sinto-me mais próximo de *Wakantanka*. O meu coração enche-se de amor. Sinto uma felicidade que transcende tudo o que faço. É esta a dádiva preciosa de *Wakantanka*: Ele dá-me felicidade sempre que O glorifico.

O Homem voltou a fazer uma pausa.

— Procura encontrar, em cada dia, algo de belo. Agradece a *Wakantanka*, todas as manhãs, o mundo que Ele criou, sente a Sua beleza dentro de ti, vê a beleza à tua volta e, em troca, Ele dar-te-á a paz do coração. Ele dar-te-á a felicidade.

David sabia que tinha sentido a falta de *Wakantanka*, na sua vida, nos dias posteriores à morte da irmã. O vazio do seu coração fê-lo chorar tanto que os seus olhos haviam inchado. Todavia, ter-se-ia *Wakantanka* afastado realmente dele nessa altura? Ou... teriam as suas lágrimas sido orações para que fosse guiado? E não tinham estas obtido resposta? O rapaz sabia que não tinha encontrado o Homem por pura casualidade, tinha sido guiado até ele. Tinha sido conduzido pelo pai, pela irmã... e por *Wakantanka*.

O Homem olhava para o pergaminho enquanto David pensava em silêncio. Quando sentiu que o jovem estava pronto, passou ao símbolo seguinte: o rio.

— O rio — começou ele — é capaz de falar com quem o quiser escutar. Ele ensina-nos o significado da vida. Ri, chora, agita-se e é sempre um só, como toda a vida. O rio é a força do nosso povo; traz água às nossas colheitas e limpa os nossos corpos. Utilizamo-lo para cozinhar e viver. Tal como o fogo, usamo-lo para melhorar a nossa vida e torná-la mais fácil. Contudo, contrariamente ao fogo, sem ele morreríamos.

O rio, meu jovem amigo, é o símbolo do aspecto físico. O rio tem movimento, como nós quando fazemos exercício. O rio purifica, e o mesmo acontece com a actividade física. O rio ensina-nos o significado da vida; a actividade física dá-nos a oportunidade de estarmos sozinhos e de aprendermos a conhecer-nos. Uma pessoa não pode ser um todo a menos que haja equilíbrio na vida. Para ser feliz, este aspecto da vida não pode ser ignorado.

David parecia surpreendido.

— Quer dizer que tenho de fazer exercício físico para ser feliz?

— Sim. Esse aspecto físico em cada um de nós é mais negligenciado que qualquer outro. Porém, quando desprezado, impede o equilíbrio da vida. Não quer dizer que tenhas de te exercitar vigorosamente, *mas tens de fazer exercício regularmente e não deves nem comer nem beber de mais.* O rio é necessário à vida; morrerás se não praticares uma actividade física ou se não te importares com o que ingerires. Talvez não morras fisicamente, mas a falta de equilíbrio acabará por arruinar alguns dos teus maiores prazeres na vida. A felicidade depende tanto deste aspecto quanto depende dos outros todos. Simplesmente, trata-se de uma dependência diferente.

— Por que é que é tão importante?

— Porque purifica a alma e dá-te a oportunidade de pensar e de sonhar. Aumenta a tua energia, a tua robustez e o teu amor pela vida. Aproxima-te mais da Mãe Terra e dá-te o equilíbrio de que necessitas na vida. Pode ser tão simples como caminhar ou nadar. A Mãe Terra dar-te-á as boas-vindas seja qual for a forma que escolheres para estares com Ela. *Dedica algum tempo, diariamente, a fazer exercício físico e come e bebe com moderação. Com o tempo acabarás por te conhecer a ti mesmo e a tua vida será equilibrada. O resultado é a descoberta da felicidade.*

David olhou para o desenho do rio. Durante bastante tempo, perdeu-se em pensamentos. Sabia que era verdade; tal como os seus antepassados, os Guerreiros Lakota, tinham de ser saudáveis, assim ele também o devia ser.

Quando se achou em condições, perguntou ao Homem o significado do terceiro símbolo.

— O que é que as montanhas desta figura querem dizer?

— Querem dizer, meu amigo, que já aprendeste quase tudo quanto precisas de saber. As montanhas desta imagem são as montanhas em que tu te encontras hoje. São as *Paha Sapa*, o coração de tudo o que existe. São sagradas e veneráveis. São a essência do conhecimento. Tal como nadas no rio e passas pela Árvore Sagrada, com as lições que aprendeste com o pergaminho pintado alcançarás as *Paha Sapa*. Obterás as respostas que procuras; nada mais terás a aprender. Tornar-te-ás num homem do Norte, serás um sábio.

— Mas sou tão novo!

— A sabedoria nada tem a ver com a idade. A sabedoria é a verdade que vem de procurares no teu coração as respostas e de pensares nos outros antes de pensares em ti. A sabedoria dá-te vida. Dá-te conhecimento. Dá-te a paz de espírito e do coração. Mostra-te que a vida não é senão o lampejo de luz à distância, o bafo do búfalo no Inverno e as gotas de orvalho que se evaporam com o nascer do Sol. A vida e a felicidade, meu jovem amigo, são tão belas como tudo o que *Wakantanka* jamais criou.

O Homem escreveu o significado da sexta figura no novo pergaminho.

Os aspectos físico e espiritual da felicidade

Os aspectos físico e espiritual da felicidade são tão importantes como os aspectos mental e emocional da felicidade.

Levanta-te, em cada dia, com amor no coração, dedica algum tempo à procura de algo de belo, encontra a paz no mistério da criação e agradece a Wakantanka *por ter criado este mundo belo em que vivemos. Encontrarás felicidade em tudo o que fizeres.*

Conhece-te a ti mesmo através da actividade física. Sente-te mais saudável, vive mais tempo, sonha e purifica-te com exercício físico regular e encontrarás o equilíbrio na tua vida. Em contrapartida, serás mais feliz.

~

A LIÇÃO DAS ESTAÇÕES

O significado do sétimo desenho

A mudança é, algumas vezes, necessária. Se puderes, evita as coisas que te incomodam e altera as coisas que te aborrecem. Se te sentes infeliz, pensa no que te faria feliz e faz as mudanças que se impõem. Como resultado, a tua vida melhorará.

~

David olhou para o pergaminho pintado. Havia uma roda mágica dividida em quatro partes, com quatro desenhos apresentando a mudança das estações. Numa parte a neve cobria os ramos das árvores, noutra estas começavam a florescer, na seguinte as folhas estavam completamente verdes e na última estas cobriam o chão.

— O derradeiro desenho — observou o Homem — é muito fácil de explicar. Podemos fazê-lo agora ou deixar para amanhã.

— Gostaria de o fazer agora se pudesse. Tenho a certeza de que o meu pai está preocupado comigo. Acho que me vou embora amanhã de manhã bem cedo.

— Como queiras, David. Cada um de nós deve tomar as suas próprias decisões. Na realidade, esta figura também trata de decisões.

— A sério?

— Sim. Vês as mudanças das estações? São representativas das mudanças na tua vida. Toda a criação, incluindo tu, está em constante mudança. Existem duas espécies de mudança no mundo: a reunião das coisas e a sua divisão. São ambas necessárias e ambas estão interligadas. Às vezes é difícil saber de que modo estão relacionadas, mas normalmente isso deve-se ao nosso ponto de observação: o local de onde observamos a mudança. O nosso ponto de observação pode permitir-nos ou impedir-nos de pensarmos com clareza.

— O que é que isso tem a ver com a felicidade?

— Tem muito a ver. Aprendeste tanto sobre a felicidade... e aprendeste que ela brota de ti. Porém, há alturas em que a nossa vida não terá equilíbrio a não ser que alteremos alguma coisa. Por vezes, há coisas na nossa vida que têm de mudar... têm de desfazer-se.

— Porquê?

— Porque há muito poucas pessoas que se conhecem, de facto, a si próprias. Eu posso ser feliz em qualquer situação, mas a maior parte não. Conquanto cada um de nós devesse tentar aprender a controlar as suas próprias emoções, alguns podem nunca vir a consegui-lo. É por isso que o pergaminho nos ensina a sua última lição. *Se houver alguma coisa que nos faça infelizes, mudemo-la se pudermos.* Se for uma pequena mudança, será fácil fazê-la. Se for uma grande mudança, demoremos o tempo que for preciso para analisar a situação. O nosso povo, por exemplo, teve de tomar decisões difíceis: combater os exércitos ou ir para as reservas. Podíamos viver pobremente e com pouca liberdade ou morrer. Escolhemos as reservas porque elas eram o menor dos dois males. O nosso modo de vida foi-nos roubado, contudo sobrevivemos. Para nós, a vida é preciosa. Alterámos o nosso tipo de vida, e embora alguns nunca tivessem conseguido adaptar-se, a maior parte conseguiu fazê-lo. Ainda constituímos uma cultura; os nossos modelos antigos ainda encontram voz nas vidas dos mais jovens. Sim, a mudança pode ser difícil, mas se a situação assim o exige, tenhamos a coragem de dar esse passo. *Wakantanka* deu-nos força por muitas razões, e uma delas foi para que pudéssemos mudar o que nos torna infelizes.

O Homem escreveu a lição final no novo pergaminho.

A mudança

Temos de tomar muitas decisões ao longo da vida. Estas decisões exigem, por vezes, uma mudança.

Se houver alguma coisa na nossa vida que nos torne infelizes, podemos ter de a alterar.

As mudanças podem ser difíceis, mas não tenhamos medo delas. Se seguirmos o nosso coração e pensarmos nos outros, a mudança melhorará a nossa vida.

Reflectamos no que nos faz infelizes, descobramos no que nos faz felizes e façamos a mudança. Depois, seremos mais felizes.

∼

A LIÇÃO DA VIAGEM

David continuou a viagem para aprender a ser feliz.
Neste processo também aprendeu a conhecer-se um pouco
melhor. Espero que também nós tenhamos aprendido.
Cabe-nos a nós, amigo leitor, tornarmo-nos mais felizes.

~

Sentaram-se os dois em silêncio durante um longo período.
David sabia que a sua aprendizagem tinha acabado. Curvou a
cabeça e sorriu intimamente. Estava dominado por um sentimento de paz e de força interior, e as lágrimas começaram a
correr-lhe pelo rosto.

Não eram lágrimas de tristeza, mas antes lágrimas de gratidão pois reconhecia que lhe haviam dado o presente mais
valioso que alguma vez mais teria a oportunidade de voltar a
receber. Embora fosse ainda bastante jovem, sentia no coração
e na alma que estava muito mais velho do que alguns dias
atrás.

A felicidade...

A dádiva da felicidade viveria para sempre no seu coração e
no coração de todos aqueles que conhecem a verdade. Quando
chegou às *Paha Sapa*, estava cansado. Estava fragilizado, e o
seu espírito abandonara-o. Já não se importava consigo. Porém, agora sentia-se forte outra vez. O sangue circulava com

mais energia nas suas veias, o seu coração batia aceleradamente no seu peito e podia erguer-se com orgulho e enfrentar a alvorada com dignidade e respeito. Enquanto o sol brilhasse e os rios fluíssem, David sabia que seria feliz.

O que é que aprendeu ao fim e ao cabo? Descobriu o significado da própria vida. Sabia que sentar-se no chão e meditar na vida e no seu significado, que aceitar a generosidade de todas as criaturas, que perceber de que modo os seus sentimentos e as suas acções se interligam, que admitir que podia ser feliz tendo em mente as lições do pergaminho pintado, era infundir no seu ser a verdadeira essência da sabedoria de *Wakantanka*.

Quanto haviam perdido as pessoas por terem deixado de fazer estas coisas?

Tinham perdido tudo. Tinham perdido o seu grande mestre (o seu eu interior) quando abandonaram a terra e puseram as suas esperanças nos outros para que lhes mostrassem a verdade.

Contudo, agora, sentia que fazia parte da natureza outra vez. Era o filho especial de *Wakantanka*. *Wakantanka* conduzira-o à salvação. *Wakantanka* conduzira-o a *Tunkasila*.

Fora conduzido à sabedoria.

Tunkasila era mais do que um simples homem. Muito, muito mais. Conhecia as lições da Mãe Terra. Era místico, sábio e imbuído de paz. Era uma pessoa que podia comunicar com o eu interior e ensinar os outros a fazer o mesmo.

Mais importante ainda, sabia ensinar aquelas lições de tal modo que jamais seriam esquecidas. David aprendera com histórias, visões, lendas e com a viagem. Tinha escutado e tinha sido ouvido. Percebeu que a sua viagem para se encontrar com o Homem era necessária para conhecer a verdade. Sabia que não teria acreditado nos ensinamentos do pergaminho se não tivesse deixado a sua família para se deslocar às *Paha Sapa*.

David olhou para os dois pergaminhos. Pegou no que estava pintado e entregou-o ao Homem. Meteu no bolso o novo pergaminho, onde estavam escritos os significados das imagens.

— Quero que fique com isso como presente. Sei que o meu pai desejaria que ficasse com ele. Agradeço-lhe por tudo quanto fez.

O Homem curvou a cabeça afavelmente mas não deu resposta.

David pressentiu que pouco mais havia a dizer. Olhou para as *wicahpis* tal como o seu pai fizera quando lhe entregara o pergaminho. Eram belas, intensas e misteriosas.

Na manhã seguinte, bem cedo, David abandonou as *Paha Sapa*. *Tunkasila* não se encontrava em parte alguma. David procurou-o durante quase uma hora mas acabou por decidir que *Tunkasila* devia querer estar sozinho. Estranhamente, não sentiu pesar, ainda que não se tivessem despedido. Sentia que os dois tinham estabelecido uma ligação que não podia ser quebrada com a sua partida das *Paha Sapa*. Estariam sempre unidos, quer na natureza quer nas suas almas. As visões, as lições ficariam com David para sempre. Do mesmo modo que traria sempre a irmã no coração, assim também aí guardaria a lembrança do Homem.

A viagem de regresso a casa foi muito mais curta do que David esperara. Apenas uma hora após a sua partida, o rapaz apanhou uma boleia que o deixou a poucos quilómetros de casa. Sentou-se na caixa de carga de um camião, com dois cães, e sentia o vento de encontro à pele e o sol a bater-lhe no rosto. O que via e ouvia era maravilhoso: uma estrada velha e poeirenta cercada por vales e prados, pássaros esvoaçando sobre a sua cabeça, o ruído do motor, tudo estava como devia.

Depois de saltar do camião, David encaminhou-se para o cemitério onde a irmã estava sepultada. Tal como havia calculado, o pai tinha conservado a lápide limpa enquanto ele estivera ausente. O jovem ajoelhou-se e sentiu aquela terra que agora cobria a irmã. Pegou num punhado de terra, olhou-a e depois deixou-a deslizar por entre os dedos. Durante bastante tempo pensou em silêncio. *Ela está em paz para todo o sempre*, isso sabia ele, *e as aparições que lhe fazia seriam cada vez menos frequentes*. David sabia que honraria a sua memória sendo feliz. O seu espírito estava agora livre de quaisquer preocupações terrenas.

David limpou o suor da testa. Iria estar muito calor lá mais para a tarde. O sol já estava abrasador. Suspirou ao olhar de novo para a campa da irmã.

— *Obrigado* — sussurrou ele.

O vento ululou em resposta.

Quando começava a afastar-se do cemitério, David sentiu uma tontura. Ficou com a boca seca e a sua respiração acelerou. O seu coração bateu mais forte e perdeu o equilíbrio. Caiu e levantou-se a tremer. Voltou a cair. Desmaiou.

Do que se lembrou a seguir foi de acordar. Enquanto sonhava, sentiu alguém abaná-lo. David abriu os olhos cansados. Deitado no chão, olhou para cima e viu o pai de pé, junto dele, com a preocupação estampada no rosto.

— Estás bem? — perguntou-lhe o pai.

— Eu... eu acho que sim — gaguejou David. Clareou a garganta.

— O que é que aconteceu?

— Não sei. Fiquei tonto de repente.

O pai suspirou de alívio.

— Deixa-me ajudar-te — disse ele oferecendo-lhe uma mão.

David agarrou-se a ela e levantou-se. Ainda sentia as pernas um tanto vacilantes. Sacudiu o pó da roupa.

— Ia a caminho de casa para falar consigo. Nem vai acreditar no que me aconteceu.

O pai sorriu.

— Descobriste o significado do pergaminho, não foi?

David acenou rapidamente com a cabeça.

— Hm-hm. Na realidade, tive a ajuda do Homem das Montanhas. Não o teria conseguido sem ele.

O pai levantou as sobrancelhas de espanto.

— Falaste com *Tunkasila*?

— Sim — respondeu David acenando a cabeça. — Estive na cabana dele durante muitos dias. É um grande professor.

O pai sorriu outra vez.

David olhou para ele com curiosidade e perguntou:

— Por que é que está a sorrir?

— Meu filho, estou orgulhoso por teres aprendido o significado das imagens do pergaminho. Muito poucos conseguem encontrar a verdade. És um jovem muito especial. *Tunkasila* só penetra na mente dos que são capazes de o compreender.

— O que quer dizer?

— David — disse ele, à medida que empurrava suavemente o filho pelo ombro —, dizes que estiveste ausente durante muitos dias?

— Sim — replicou o rapaz com cautela.

— Mas como é que isso pode ser? *Só ontem à noite é que eu te dei o pergaminho.* Tiveste um sonho. Ontem à noite vi-te sair de casa a caminho do cemitério. Segui-te de perto e fiquei aqui a noite toda contigo.

— Isso é impossível...

— Não. É verdade.

— *Mas eu vi-o!* Ele até me deu um novo pergaminho. Tenho-o aqui no meu bolso...

David procurou-o e tirou-o do bolso. Desenrolou-o cuidadosamente.

Era o mesmo pergaminho que o pai lhe havia dado. Aquele que ele pensara ter oferecido a *Tunkasila*. Olhou para o pai de olhos arregalados.

— Quer dizer que foi um sonho?

O pai encolheu os ombros.

— Quem é que pode dizer o que é sonho e o que é realidade?

— Mas... eu falei com ele.

— E tenho a certeza de que ele falou contigo. Como te disse, *Tunkasila* visita algumas mentes que o possam compreender.

David olhou em volta do cemitério e sentiu uma onda de calor espalhar-se dentro de si. Um sonho? *Uma visão?* Nunca abandonara o lar e, no entanto, tinha aprendido o significado do pergaminho?

Mas isso é impossível! Eu parti em viagem... Eu descobri as lições de Itkumi e aprendi a história da Árvore Sagrada. Aprendi os dez princípios e descobri o significado da meditação e da oração! Não podia ter aprendido tudo numa noite... principalmente se eu ainda estava a dormir!

O pai, que parecia ter-lhe lido o pensamento, disse suavemente:

— Os sonhos podem ser muito reais, David. Quem é capaz de explicar de onde vêm? Talvez *Wakantanka* tenha inspirado o teu sonho. Ele é capaz de tudo. Talvez tenhas partido em viagem, mas se o fizeste, *não foi neste mundo.* Dei-te o pergaminho a noite passada, e tu vieste para aqui. Acabei por te acordar quando te ouvi gemer. O teu sonho estava a desvanecer-se, e a tua alma estava a lutar para entrar neste mundo de novo.

— Mas como?

— Tu quiseste a verdade, meu filho. Encontraste as respostas que tanto procuravas.

David franziu o sobrolho. O pai pôs-lhe o braço em volta dos ombros e encaminharam-se para fora do cemitério.

— Vamos para casa. Deves estar com muita fome. Todas as viagens, mesmo as da alma, fazem fome às pessoas.

Enquanto caminhavam em direcção a casa, David olhou, sobre o ombro, para as Montanhas Negras desenhadas na distância. Por um instante, julgou que podia ver a cabana e as pequenas ondas de fumo que subiam da lareira...

Mas claro que não havia lá nada.

Ou havia?

~

GRANDES NARRATIVAS

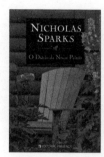
O Diário da Nossa Paixão

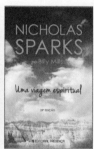
Uma Viagem Espiritual

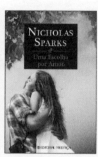
Uma Escolha por Amor

Um Homem com Sorte

A Melodia do Adeus

Um Refúgio para a Vida

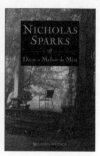
Dei-te o Melhor de Mim

Pode consultar estes e outros títulos em

www.presenca.pt